Q《キューブ》部あるいは
CUBE《キューブ》の始動

ささきかつお 著

PHP

もくじ

contents

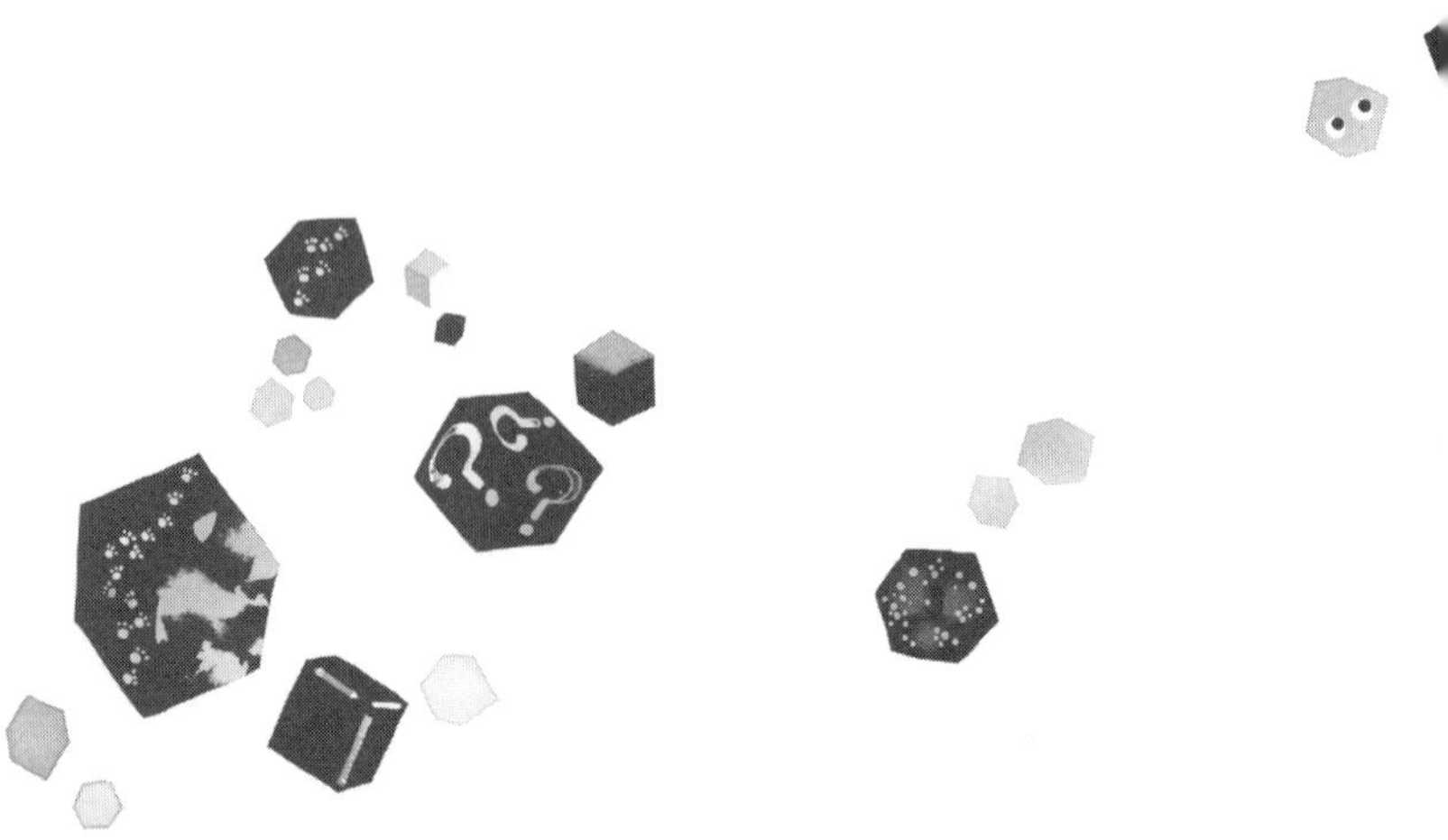

Q部部員

中《なか》崎《ざき》 栞《しおり》

凪《なぎ》学園中等部２年。Q部副部長で、ミステリー研究部を「Q部」という名称《めいしょう》に変更した張本人《ちょうほんにん》。猪突猛進《ちょとつもうしん》タイプ。甘いものが好き。

「今日から謎《なぞ》解《と》きを行うことにしました」

桐《きり》谷《や》翔《しょう》太《た》郎《ろう》

凪《なぎ》学園中等部２年。Q部部長。頭脳明晰《ずのうめいせき》で、あざやかに謎《なぞ》を解《と》く。幼《おさな》なじみの栞《しおり》の「暴走」には慣《な》れているため、めったなことでは動揺《どうよう》しない。

「はいはい、副部長さま」

木《き》佐《さ》貫《ぬき》ユカリ

凪《なぎ》学園中等部１年。心《こころ》優《やさ》しい女の子。ちょっとドジな一面もあるが、本人はいたって真《ま》面目《じめ》で一生懸命《いっしょうけんめい》。

「謎《なぞ》は深まるばかりですう」

竹《たけ》ノ《の》内《うち》優《ゆう》也《や》

凪《なぎ》学園中等部１年。断る勇気がなかったために、あれよあれよと栞《しおり》のペースに巻《ま》き込《こ》まれていく。

「もう何が何だかわからないっす…」

Q部部室

❶ 窓《まど》

校庭が見える。バロンが近くでひなたぼっこしていることも。

❷ ホワイトボード

謎解《なぞと》きに使われる。主に書《か》き込《こ》むのは栞《しおり》。

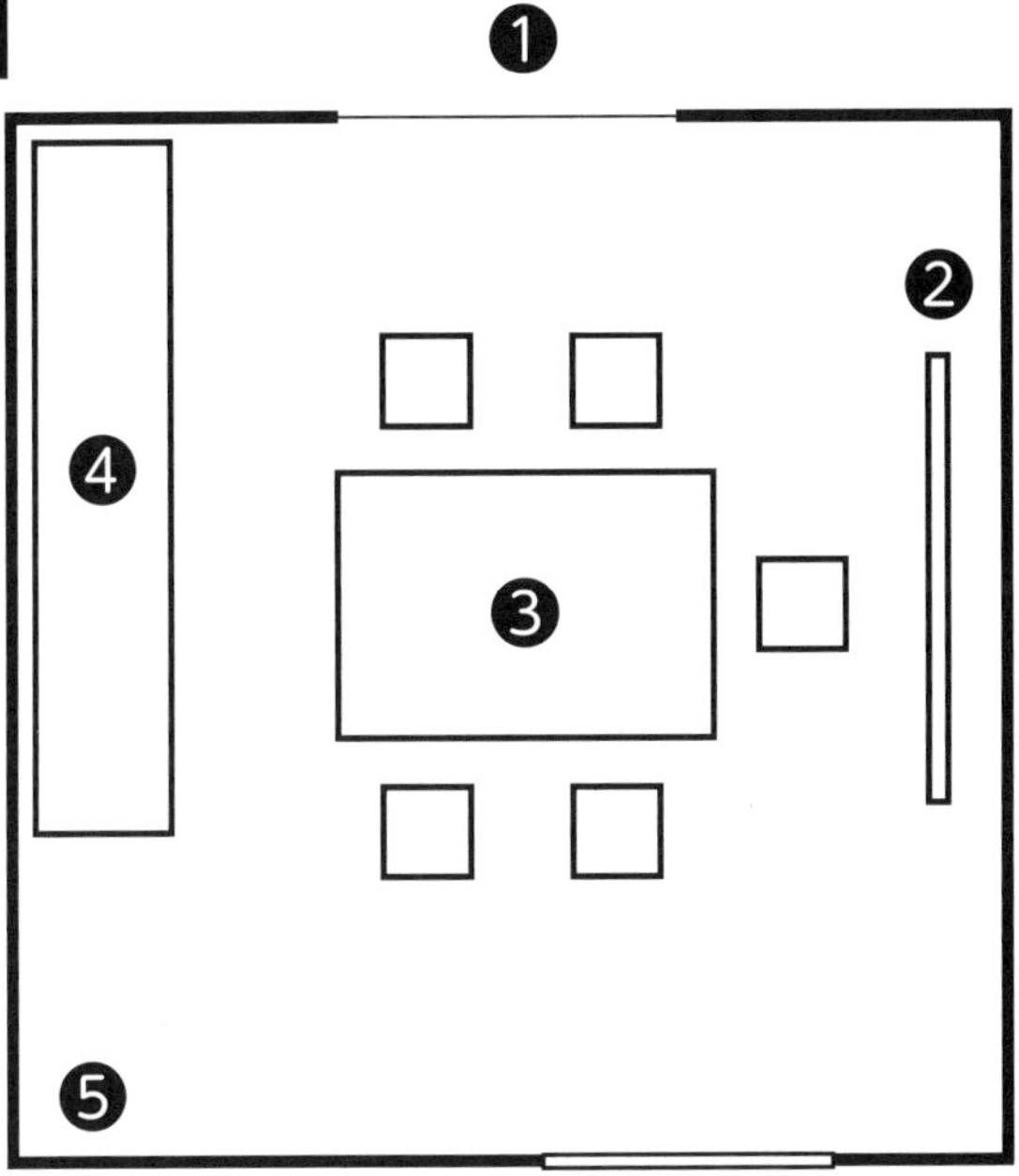

❸ 机《つくえ》と椅子《いす》

ホワイトボード近くの席は栞《しおり》の定位置。

❹ 本棚《ほんだな》

おもにミステリー小説がたくさん収められている。

❺ 部室の隅《すみ》

翔太郎《しょうたろう》の定位置。いつもここで本を読んでいる。彼の足もとでバロンが昼寝中《ひるねちゅう》。

Q部にかかわる登場人物

バロン

黒い毛並みに、鼻の下だけ王様のヒゲのような白い模様《もよう》があるネコ。Q部最初の事件で重要なカギとなる。

桐谷《きりや》 舞《まい》

同学園初等部5年。翔《しょう》太郎《たろう》の妹。亮《りょう》に対し「優《ゆう》秀《しゅう》な兄と姉をもった者同士」という仲間意識《いしき》を感じている。

中崎《なかざき》 亮《りょう》

同学園初等部5年。栞《しおり》の弟で、舞《まい》とは幼《おさな》なじみ。休日は姉に振《ふ》り回《まわ》されることもしばしば。

Q 00

プロローグ

港が見下ろせる丘《おか》の途中《とちゅう》に、私立凪学園《しりつなぎ》はある。

学校ができたのは明治時代というから、百年以上の歴史がある。

初等部は小学校と同じ六年制《せい》、その上に三年制《せい》の中等部と高等部がある。初等部から入学すると十二年のあいだ、この丘《おか》の途中《とちゅう》の校舎《こうしゃ》で学ぶことになる。


午前六時四十五分。

登校時間前の正門の掲示板《けいじばん》前に、中等部の制服《せいふく》を着た男女の姿《すがた》があった。

後《うし》ろ髪《がみ》を黄色いリボンで結んだ女子が、丸めていたポスターを広げる。

「ホントに貼《は》るのか」と、後ろで見ていた男子が呆《あき》れたように言う。

「あたりまえじゃない。夜なべして作ったのよ！」

「夜なべ……そんなに手間のかかるモノでもないだろう」

「うるさいわねえ。これはアタシたちの決意表明なの。アンタも腹《はら》をくりなさい」

「はいはい、わかりました」

「よしっ、これでOK。授業《じゅぎょう》まで時間があるから、駅前でお茶でもしましょ」

ポスターを貼《は》り終えたふたりは、その場から去っていった。


午前七時三〇分。

朝補習《ほしゅう》のためにいつもより早く登校してきた男女ふたりが、掲示板《けいじばん》前で立ち止まる。

「なにコレ。ワタシ、聞いてないよ」

「オレも……知らなかったんだけど」

一年生の木佐貫《きさぬき》ユカリと、竹ノ内優也《たけのうちゆうや》だった。ポスターを呆然《ぼうぜん》と眺《なが》めている。

ふたりの後ろを通りすぎようとした彼《かれ》らの友人も、貼《は》ってあるポスターに気がついた。

「へええ、お前らの部活、大変なコトになりそうだな」と、笑いながら声をかけてくる。

「………」

ユカリと優也《ゆうや》は、無言で顔を見合わせる。

「どうしよぉ……」

「と、とりあえず今は、見なかったコトにしよう」

そう言ってふたりは、校舎《こうしゃ》の中へ消えていった。


午前八時十五分。

凪《なぎ》学園の生徒たちは最寄《もよ》りの駅を降《お》り、坂道を登って登校する。彼《かれ》らの制服《せいふく》は上が紺《こん》のブレザーに、男子はズボン、女子はスカート、共にグレーのチェック柄だ。

「亮《りょう》、おはよ」

ランドセルを背負《せお》った初等部の男子、中崎亮《なかざきりょう》に声をかけたのは、クラスメイトの桐谷舞《きりやまい》だ。肩《かた》まである長い髪《かみ》が、風にゆれている。

このふたり、同じ五年二組というほかに、もうひとつ共通点がある。

舞《まい》には翔太郎《しょうたろう》という兄、亮《りょう》には栞《しおり》という姉がいる。このふたりも凪《なぎ》学園に通っており、共に中等部の二年生――つまり、姉と兄も同い年だった。

しかも翔太郎《しょうたろう》と栞《しおり》は初等部の一年からずっと同じクラスで、たがいに相手を「腐《くさ》れ縁《えん》」と言っていた。たしかに八年連続で同じクラスは「腐《くさ》れ縁《えん》」かもしれない。

それに妹、弟によると、何かしら「やらかす」ふたりのようだ。

「ねえ亮《りょう》、知ってる？　ウチのお兄ちゃんと、亮《りょう》のお姉ちゃんのコト」

「ああ、姉ちゃん、昨日《きのう》の夜、遅《おそ》くまでポスターを作ってたよ」

「それだけど、正門の掲示板《けいじばん》に、もう貼《は》られてるって、さっきクラスの友だちからメールが入ってたわ」

「はああ。姉ちゃん、やると決めたら行動が早いからなあ。今朝《けさ》だって、オレが起きたときには、もう学校に行ってたし……」

ふたりは話しながら凪《なぎ》学園の正門に入る。

「ほら、あれ」

舞《まい》が指さした中等部の掲示板《けいじばん》に、大きなポスターが貼《は》られていた。

謎《なぞ》解《と》き、はじめました。Q部（旧《きゅう》ミステリー研究部）

「謎《なぞ》解《と》き？　Q部？　なんだこれ？」

　ポスターの前で、亮《りょう》は首をかしげる。

「以前はミステリー研究部だったけど、亮《りょう》のお姉さんが、『小説を読むだけじゃつまらないから、学園内の謎《なぞ》——クエスチョンも自分たちで解決《かいけつ》しよう』って、部員をまき込《こ》んで謎《なぞ》解《と》きを始めるんだって。名称《めいしょう》もQ部に変更《へんこう》」

「クエスチョンのQか……やれやれ、またやらかしそうだ」

「いいじゃない。困《こま》っている人がいたら、Q部が助けてくれるのよ」

「だったらいいけどね。ウチの姉ちゃんのことだから、探偵《たんてい》が登場するミステリーにあこがれて、『犯人《はんにん》はアナタね！』って、やりたいだけなんだろうな」

「ウチのお兄ちゃんがいるから大丈夫《だいじょうぶ》よ。クールに謎《なぞ》を解《と》いてみせるから」

　優秀《ゆうしゅう》な兄を持つ舞《まい》は、目をキラキラさせている。

「初等部でQ部を作ることは無理そうだから、私《わたし》たちに謎解《なぞと》きはできないけど、お兄ちゃんたちの活動を見ることはできそう。これはおたがい優秀《ゆうしゅう》な兄と姉を持った私《わたし》たちの特権《とっけん》なんだから、楽しませてもらいましょうよ」

「はいはい、そうだね」

――キーンコーンカーンコーン♪

彼《かれ》らの頭上で、授業《じゅぎょう》開始前のチャイムが鳴る。

「いけね、早く行かないと」

あわててふたりは、自分たちの校舎《こうしゃ》に入っていった。

Q 01

Q部の始動と、CUBE《キューブ》（密室《みっしつ》）のネコ

午後四時。

部室の窓《まど》、せまいグラウンドの向こうに見える港の風景は、いつもと同じ、のどかな雰《ふん》囲気《いき》だ。往来《おうらい》する貨物船やタグボート、今日は桟橋《さんばし》に向かう豪華《ごうか》客船の姿《すがた》も見える。

バン！　と突然《とつぜん》テーブルを叩《たた》いたのは副部長の中崎栞《なかざきしおり》——中等部二年の女子だ。長い髪《かみ》が頬《ほお》にかかる。手ではらうと、ニッと微笑《ほほえ》んだ。

「というワケで、ミステリー研究部から名称変更《めいしょうへんこう》したQ部は、今日から謎解《なぞと》きを行うことにしました。みんな、よろしく」

「み、みんなって栞先輩《しおりせんぱい》」

「ワタシも、探偵《たんてい》をやるってコトですかあ」

不安そうに栞《しおり》を見上げているのは、中等部一年生、竹ノ内優也《たけのうちゆうや》、木佐貫《きさぬき》ユカリのふたり

だった。一年はこの二名だけ。栞《しおり》の勢《いきお》いに押《お》されて、反論《はんろん》する余地《よち》もない。

「そして翔太郎《しょうたろう》、アンタは部長なんだから、積極的に謎解《なぞと》きに加わってもらうからね」

「はいはい、副部長さま」

二年に進級するとき「翔太郎《しょうたろう》。ミステリー小説が好きなんでしょ。だったらミステリー研究部を作ってよ」と栞《しおり》に無理矢理《むりやり》作らされた。さらに今度は名称変更《めいしょうへんこう》だ。疑問《ぎもん》や謎《なぞ》を意味する「クエスチョン」から「Q部」とつけたが、もうひとつ意味がある。この部室の空間は長方形でなく、ほぼ立方体のCUBE《キューブ》なのだ。我《われ》ながら、いいネーミングだと、栞《しおり》は悦《えつ》に入《い》っている。

翔太郎《しょうたろう》は、読んでいた分厚《ぶあつ》い本をポンと閉《と》じて、栞《しおり》を見た。

「では、さっそく謎解《なぞと》きを」と言って翔太郎《しょうたろう》は足もとを指さす。

そこには、一匹《ぴき》の黒いネコがいた。

「ネコが、どうしたんすか。翔太郎先輩《しょうたろうせんぱい》」

「コイツを見て、なんとも思わないのか、優也《ゆうや》」

「いえ、その。部室にネコがいるなあ……って。あとそのネコ、おもしろいですよね。全身が黒いと思いきや、鼻の下だけ王様のヒゲみたいに白くなってて」

「そうだな。ところで優也《ゆうや》、お前が部室に入ってきたとき、このネコはいたよな」

「そうっす。桐谷先輩《きりやせんぱい》の足もとにいました」

「だな。そのあと、栞《しおり》とユカリが入ってきた。つまり、この部室に一番最初に入ってきたのは、四時前にカギを開けて中に入ったオレということになるが、このネコ、オレがカギを開けて入ったときには、もう部室にいた」

エエエエエ！

部員たちのおどろきの声が、部室中に響《ひび》きわたる。

「CAT IN THE CUBE《キャット イン ザ キューブ》――立方体の密室《みっしつ》にネコってやつだ。さあみんな、オレたちの記念すべき謎《なぞ》第一号を、解決《かいけつ》しようではないか」

十分後。Q部のメンバーは中央のテーブルを囲んで、全員が考《かんが》え込《こ》んでいた。

副部長の栞《しおり》の背後《はいご》にはホワイトボードがあり、そこには全員で考えた「密室《みっしつ》にネコ事《じ》件《けん》」の推理《すいり》が書かれている。

①部屋のどこかにネコが通れる穴《あな》がある
②誰《だれ》かがカギを開け、ネコを入《い》れた
③桐谷《きりや》部長がドアを開けた瞬間《しゅんかん》に、ネコが横から入ってきた

栞《しおり》が立ち上がる。

「みんなで考えた推理《すいり》は以上ね」

フムフムとホワイトボードを眺《なが》めながら、栞《しおり》はうなずく。

「まずひとつ目。この部屋に穴《あな》は……優也《ゆうや》」

「今さっき、みんなで調べたじゃないすか。ネコが通れる穴《あな》なんて、この部屋のどこにもないっすよ」

これまでの十分のうち、五分をかけて、全員で部室の壁《かべ》をチェックした。もしかしたら隠《かく》し扉《とびら》のようなものがあるかもしれないと、コンコンと壁《かべ》を叩《たた》きながら、入念に確認《かくにん》した。けれど、今、翔太郎《しょうたろう》の足もとで寝《ね》ているネコが通れるような穴《あな》は見つからなかった。

「だよね。築《ちく》五十年以上のオンボロ校舎《こうしゃ》だけど、アメリカのアニメみたいに、ネズミが住んでいるような穴《あな》があるなんて考えられない。なのでこれは、なしっ」

栞《しおり》は「①部屋のどこかにネコが通れる穴《あな》がある」を消す。

「次にふたつ目。この部室のカギを開けられるのは誰《だれ》だと思う、ユカリ」

栞《しおり》に突然《とつぜん》指名されて、ユカリは身体《からだ》をビクッと震《ふる》わせる。

「え、えっと。まずは桐谷《きりや》部長ですよね。部活のある放課後、職員室《しょくいんしつ》からカギを持ってきて、開けてくださるんですから」

「じゃあ犯人《はんにん》はQ部の部長、桐谷翔太郎《きりやしょうたろう》?」

「いえ、そんなことはないと思います」

「そうね。決めつけるのは早いわ。まず職員室《しょくいんしつ》にカギがあるってことが重要よ。そのカギを手に入れれば、誰《だれ》だってこの部室のドアを開けることができる」

「ちょっと待った」

部長の翔太郎《しょうたろう》が手をあげる。異議《いぎ》あり、のサインだろう。

「栞《しおり》、副部長として、オレの代わりにカギを開けたことがあるから知っているだろ。部室のカギは職員室《しょくいんしつ》の入口脇《わき》にかけられているが、持ち出すときは使用許可証《きょかしょう》に記入して、近くにいる先生にサインをもらわないと持ち出せない」

「知ってるわ。問題はそこなのよね。となると翔太郎《しょうたろう》以外の何者かが、Q部のカギを勝手に持ち出した」

「それで、さっき職員室《しょくいんしつ》に行って、オレ以外のやつがQ部のカギを持ち出さなかったか確《かく》認《にん》してみた。サインをしてくれた社会の五十嵐《いがらし》先生がカギの見えるところに座《すわ》っているんだが、午後から職員室《しょくいんしつ》にいた先生の記憶《きおく》では、勝手に持っていったやつはいなかったそうだ。まあこれは、先生の言葉を信じるしかないが」

「すると、二番目の推理《すいり》も消えるってことかしら。あ、でも」

栞《しおり》は、ホワイトボードの文字を消そうとした手を止める。

「カギが使われたのが、先生がいた時間とは限《かぎ》らないわ。なので二番目は保留《ほりゅう》」

「それと三番目の、オレがドアを開けた瞬間《しゅんかん》に、コイツが入ってきたという推理《すいり》だが」

翔太郎《しょうたろう》がネコを指さす。

「もしオレがボーッとしながらドアを開けて、その隙《すき》に入ってきたとしてもだ。せまい廊《ろう》下《か》を、オレはコイツと一緒《いっしょ》に部室に向かっていたことになる。いくらなんでも白っぽいタイルの廊下《ろうか》に黒ネコが歩いていれば視界《しかい》に入るだろう。なので、この三番目も、オレを信じてもらうほかないが、なしとしてほしい」

翔太郎《しょうたろう》が立ち上がる。

「この密室《みっしつ》にネコが入《はい》り込《こ》んだ可能性《かのうせい》として――二番目の『誰《だれ》かがカギを開け、ネコを入《い》れた』を最有力のものとして、さらなる調査《ちょうさ》を進め……」

「ちょっと待った」

栞《しおり》が、翔太郎《しょうたろう》をさえぎった。

「可能性《かのうせい》は、もうひとつあるわ」

そう言って、栞《しおり》はペンのキャップを取り、ホワイトボードに書《か》き込《こ》んだ。

④すべては、部長・桐谷翔太郎《きりやしょうたろう》の狂言《きょうげん》である

「狂言《きょうげん》？　なんすか、それ」

優也《ゆうや》は、ポカンとした顔をしている。

「ああ、アンタには難《むずか》しい言葉かもしれないわね。狂言《きょうげん》ってのはつまり、すべてこの……」

栞《しおり》が翔太郎《しょうたろう》を指さす。

「桐谷翔太郎《きりやしょうたろう》が自作自演《じえん》した、ウソの事件《じけん》ってことよ」

「えーっ、やっぱり部長が犯人《はんにん》なんですか」とユカリが叫《さけ》ぶ。

「犯人《はんにん》って」

翔太郎《しょうたろう》は半笑いだ。

「まあ、ひとつの推理《すいり》として、オレが自作自演《じえん》でこのネコを部室に持《も》ち込《こ》んだというのもアリだと思う。ただし栞《しおり》の推理《すいり》は、オレの自供《じきょう》以外に証明《しょうめい》する方法はない」

「ならとっとと吐《は》きなさいよ、翔太郎《しょうたろう》。オレがやりましたって」

「強引《ごういん》すぎるぞ、栞《しおり》。そんな脅迫《きょうはく》めいた言い方は、フェアじゃない」

「そうやって、すましてる態度《たいど》がますますあやしいのよ。疑《うたが》われてるんなら、もっと激《はげ》しく否定《ひてい》すべきよ。『バーロー！　オレじゃねえってば！』とか叫《さけ》んでみなさいよ」

「ニャア」

そのとき、はじめてネコが鳴いた。

「ネコだって呆《あき》れてるじゃないか。そもそもオレは、そういうキャラじゃない」

「はいはい、わかりましたぁ」

ふてくされ気味《ぎみ》に栞《しおり》が言って、ネコを見る。

「それにしても、このネコちゃん、どうすればいいかしら。この子を部室で預《あず》かっているなんて知られたら、学校に怒《おこ》られちゃう」

「そうかもな。じゃあ残念だけど、コイツには出ていってもらうとするか。すまんな、ネコちゃん。今日のところはこのへんで」

そう言って翔太郎《しょうたろう》が立ち上がり、部室のドアを開ける。

するとおどろいたことに、黒ネコは翔太郎《しょうたろう》の言葉を理解《りかい》したかのように、スタスタとドアから出ていってしまった。


翌朝《よくあさ》。

栞《しおり》は正門前に立ち、登校してきた翔太郎《しょうたろう》に寄《よ》りそって歩き出す。

「ははん、なるほど。オレを朝から徹底的《てっていてき》にマークするつもりだな」

「その通りよ。アンタは、ネコを部室に連《つ》れ込《こ》んだ容疑者《ようぎしゃ》だもの」

「ま、推理《すいり》はかまわないが、今日オレをマークしたところで、またあのネコが部室にいるとは限《かぎ》らないじゃないか」

「それでもいいのよ。もし今日の放課後にネコがいなかったら、アンタが行動に出られなかったということで、ますます疑《うたが》いが深まるだけだから」

昨日《きのう》、Q部のメンバーは周辺の部室の聞《き》き込《こ》み調査《ちょうさ》を行った。部室棟《とう》の周辺に、黒くて鼻の下にだけヒゲみたいな白い模様《もよう》があるネコが歩いていなかったか、もしくはネコを抱《だ》いて歩いている人物がいなかったかを、手分けして聞いてまわったのだ。

けれど聞《き》き込《こ》み調査《ちょうさ》の成果はゼロだった。誰《だれ》に聞いても、ネコや、ネコを抱《だ》いた人物を見たことはないという返事だけだった。

「目撃者《もくげきしゃ》がいない、ということは、部室棟《とう》のほかの部屋に住んでいる可能性《かのうせい》もある」

翔太郎《しょうたろう》はそう推理《すいり》する。だが栞《しおり》は四番目の推理《すいり》である「桐谷翔太郎《きりやしょうたろう》の狂言《きょうげん》」が現実味《げんじつみ》を帯びてきたとにらんでいた。

そこで栞《しおり》は翌朝《よくあさ》、登校してくる翔太郎《しょうたろう》を正門前で待ちぶせて、放課後の部活動が始まるまで徹底的《てっていてき》に彼《かれ》の行動をマークしようと考えたわけだった。

授業中《じゅぎょう》に抜《ぬ》け出《だ》すことはまずないが、休み時間は翔太郎《しょうたろう》のあとをついてまわった。さすがに男子トイレまではムリだったが、トイレの入口で待っていた。

そして放課後となる。

翔太郎《しょうたろう》と栞《しおり》は、ふたりで職員室《しょくいんしつ》に行ってカギを受けとり、部室に向かっている。

「オレのアリバイは、お前が証明《しょうめい》したことになるな」

「少なくとも今日に限《かぎ》ってはね」

「もしこれで、オレが部室のカギを開けて、またあのネコがいたら」

「アンタの疑《うたが》いが晴れるってことになる」

「だよな。はい、念のためカギを開ける前に、まわりを見てくれ」

「ドアを開けた隙《すき》に入ってくるようなネコは……いないわ」

「じゃあ、部室のドアを開けるぞ」

キイイと、きしんだ音を立てて部室のドアが開けられる。

「……ほらな。犯人《はんにん》はオレじゃないって、わかっただろ」

「どういうコトぉおお？」

中央のテーブルの上に、昨日《きのう》と同じネコが座《すわ》っていた。


「二日連続で、密室《みっしつ》にネコっすかあ」

「謎《なぞ》は深まるばかりですう」

遅《おく》れてやってきた優也《ゆうや》とユカリは、部室にいたネコにおどろきをかくせない。

「ホント、おどろいたわよ」

椅子《いす》に座《すわ》った栞《しおり》は、腕《うで》組《ぐ》みしてネコを眺《なが》めている。

「アタシは、翔太郎《しょうたろう》がぜったいにあやしいと思って、今朝《けさ》、正門前で待ちぶせて、放課後ここに来るまでずっと監視《かんし》していたのよ。それなのに密室《みっしつ》にネコ、再《ふた》び」

「オレにとっては、これで疑《うたが》いが晴れたからよかったけどな」

「いや、朝にアタシと会うまでに行動を起こしていたのかも」

「だったら部室のカギがどうだったか職員室《しょくいんしつ》で聞いてくれよ。それと昨日《きのう》、オレが下校してから今朝《けさ》までの行動を疑《うたが》っているなら、妹が初等部にいるからな。栞《しおり》、お前の弟を経由《けいゆ》して聞いてくれ」

「わかったわ。それで、今言えるのは」

栞《しおり》が立ち上がる。

「何者かが、何かしらの目的をもって、このネコを部室に入《い》れたってこと」

「そうだな。しかもカギのかかった部室に」

「アタシが思うに、これはQ部に対する挑戦《ちょうせん》だと踏《ふ》んでいるわ」

「だったら、ますますこの謎《なぞ》は解《と》かないといけないな」

「そうよ！　それから……このネコちゃん、二度も部室に入《い》れられてたってことはアタシたちへのプレゼントと見なして、この部室で預《あず》かることにしましょう。学校に見つからなければ大丈夫《だいじょうぶ》よ」

そのとき、トントン——とドアをノックする音。

来訪者《らいほうしゃ》など来ることがないQ部にとっては、異常事態《いじょうじたい》とも言えるだろう。

「ユカリ、その子を隠《かく》して！」

「え、どこにですか？」

「抱《だ》き上《あ》げて、そこに」

小声で栞《しおり》が指示《しじ》したのは、ドアの裏側《うらがわ》だった。なるほど、そこにいれば来訪者《らいほうしゃ》から見られることはない。

「いい子だから、静かにしててね」

ユカリがネコをそっと抱《だ》き上《あ》げてドア脇《わき》に行く。それを見てから部長である翔太郎《しょうたろう》が立ち上がって、ドアを少しだけ開けた。

開いたドアの向こうに、紺色《こんいろ》の制服《せいふく》が見えた。学校の警備《けいび》をしている西《にし》さんという、五十代のおじさんだった。

「西《にし》さん、どうしましたか」

意外な人物の来訪《らいほう》に、翔太郎《しょうたろう》の声がやや高くなる。

「ああ、部活動中にすまない。学校からの指示《しじ》で見回りをすることになってね」

西《にし》さんは、そう言いながらQ部の部室をのぞき込《こ》んでいる。

「見回り？」

「実は昨日《きのう》あたりから、この校舎《こうしゃ》にネコが入《はい》り込《こ》んでいるそうで、もしかしたら誰《だれ》かが飼《か》っているんじゃないかと」

西《にし》さんが「ネコ」と口にした瞬間《しゅんかん》に、Q部全員は「あっ」と言いそうになったが、ここにいることを知られたくないので、なんとか表情《ひょうじょう》を変えずにいた。なにせ、ドア一枚《いちまい》を挟《はさ》んで、ネコを抱《だ》いたユカリが立っているのだ。

(お願い、今は鳴かないで……)

祈《いの》るように、ユカリは目をきつく閉《と》じている。

「それで西さんは、部室をまわっているんですか」

「君たちは見てないかな」

「うーん、見てないですねえ」

翔太郎《しょうたろう》が首を横に振《ふ》る。ネコが真横にいるというのに、迫真《はくしん》の演技《えんぎ》だ。

「じゃあ僕《ぼく》らが、その黒いネコを見つけたら、すぐに西さんに知らせますよ」

「そうかい、助かるよ」

じゃあ、と言って警備《けいび》の西《にし》さんは去っていく。翔太郎《しょうたろう》はドアの隙間《すきま》からその姿《すがた》が消えるのを見届《みとど》けてから、ゆっくりとドアを閉《し》めた。

――ハアアアア……。

Q部の部室に、四人の溜息《ためいき》が響《ひび》き渡《わた》った。

「あ、危なかったっすねえ、部長」

「ワタシ、この子がニャアって鳴くんじゃないかって、心臓《しんぞう》バクバクでしたあ」

「ホントよ。アタシが飼《か》おうかって言ったタイミングで西《にし》さんがやってくるなんて」

緊張《きんちょう》が解《と》けたQ部メンバーに、笑顔《えがお》が戻《もど》ってくる。

「それにしてもこの子、もう学校に知られているのね」

「いやあ、そうじゃないな」

「なによ、翔太郎《しょうたろう》。アンタもう『わかった』って顔してるじゃない」

「ああ、謎《なぞ》は解《と》けたよ」

「エエエエ」

後輩《こうはい》ふたりが、おどろいた顔で翔太郎《しょうたろう》を見た。

「へえ？　アンタの推理《すいり》を聞かせてもらおうじゃないの」

一方、栞《しおり》は腕《うで》を組んで、翔太郎《しょうたろう》を見据《みす》える。

「まずは、コイツだけど」

翔太郎《しょうたろう》は、ユカリからネコを受けとり、そっと床《ゆか》に置いた。

「オレの推理《すいり》が正しければ、コイツは学内に住んでいるはずだ……さあネコちゃん、おうちに帰っておくれ。できればゆっくり、オレたちが君を追えるスピードでね」

翔太郎《しょうたろう》がドアを開けると、ネコはすっと部室を出る。

Q部のメンバーも部室を出てネコを追いかける。

ネコが入っていったのは意外な場所だった。少しだけ開いているドアに入っていく。

ドアの上には「警備室《けいびしつ》」の表示《ひょうじ》。

「な、これでわかっただろ」

翔太郎《しょうたろう》が警備室《けいびしつ》に入っていく。それに栞《しおり》たちQ部メンバーも続いた。

「やあ、Q部の諸君《しょくん》。どうしましたね」

西《にし》さんがニコニコと笑っていた。ネコは西《にし》さんの足に身体《からだ》をすりつけている。

「そのネコ、西《にし》さんが飼《か》っているんですよね」

部長である翔太郎《しょうたろう》が、西《にし》さんの前に立った。

西《にし》さんは笑ったままだ。

「このネコはたまたま警備室《けいびしつ》に来たのですよ」

「それはないですね」

「ほう。どうしてそんなことが言えるのかな」

「カギのかかった部室にそのネコはいたんです。であれば、部室のカギを開けられるのは許可《きょか》をもらった生徒か、職員室《しょくいんしつ》にいる先生、そして警備《けいび》をしている西《にし》さんです」

「確《たし》かに、私《わたし》は部室のカギを持っています。けれど職員室《しょくいんしつ》の先生たちを疑《うたが》ってもいいのではありませんか」

西《にし》さんは不敵《ふてき》な笑《え》みを浮《う》かべる。自分が犯人《はんにん》ではないと主張《しゅちょう》しているようだ。

だが、Q部の部長、翔太郎《しょうたろう》は自信を持った口調で、論破《ろんぱ》しようとしている。

「その可能性《かのうせい》もありますが、西《にし》さん。さっきの会話を覚えていますか」

「どんな内容《ないよう》でしたかね」

「あなたは、ネコを探《さが》して最初にQ部の部室に来ました。そのとき、ネコの特徴《とくちょう》などはわからないようでしたね」

「そうですが」

「オレは最後にこう言いました。『その黒いネコを見つけたら』ってね」

――あ、と栞《しおり》はおどろいていた。

このときすでに、翔太郎《しょうたろう》は西《にし》さんが犯人《はんにん》だと思って、わざとそう言ったのだ。

「ネコの色が黒であることを、あなたはすでに知っていた。だからオレが黒いネコと言ったのははじめてなのに、あなたは反応《はんのう》しなかった。もし情報《じょうほう》がなければ黒いネコという言葉に何らかの反応《はんのう》をしたハズです」

「…………」

「たまたま聞《き》き逃《のが》した、と弁明《べんめい》もできますけど、後ろに見えてますよ――キャットフードの缶《かん》」

「ハハハハ、見事だ！　Q部の諸君《しょくん》！」

西《にし》さんは大きな声で笑い出した。それは事実と認《みと》めたことであり、Q部にとってはじめての謎《なぞ》を解《と》いた瞬間《しゅんかん》だった。

だが、これで一件落着《いっけんらくちゃく》とはいかなかった。

西《にし》さんはQ部メンバーの後ろにまわり、ドアの内カギをカチャリと閉《し》める。

「かくなる上は、もうひとつ謎《なぞ》を解《と》いてもらうぞ、Q部の諸君《しょくん》。ここから出たければ、このネコの名前を当ててもらおう！」

「なっ、名前を当てるなんて無理に決まってるじゃない。何のヒントもないのに」

栞《しおり》が思わず叫《さけ》んだ。

「ヒントはこのネコをよく見ることだ――それとこいつは自分の名前を呼《よ》ばれたら返事をするから、アタリかどうかわかる。さあ、ひとりずつ答えてもらおうか」

Q部メンバーはネコをじっと見る。特徴《とくちょう》を言えばいいはずだ。身体《からだ》全体が黒くて、鼻の下だけ王様のヒゲみたいに白い模様《もよう》がある。

栞《しおり》が手をあげる。

「シンプルに考えて、この子の名前は、クロ！」

「…………」ネコは鳴かない。

「あああ、ハズレかあ」と栞《しおり》がうなだれる。

「白ヒゲ！」

「王様！」

「…………」

優也《ゆうや》、ユカリが呼《よ》びかけても、ネコは鳴かない。

「ハッハッハ。王様はおしかったな……さあ部長殿《どの》、どうかな？」

翔太郎《しょうたろう》はずっと考《かんが》え込《こ》んでいたが、ハッと気がついた顔をした。

「西《にし》さん。重要なヒントをありがとうございます。実はこのネコ、昨日《きのう》一度だけ鳴いたんです。栞《しおり》の言葉に反応《はんのう》して」

「ほほう、それで？」

「王様がおしいのであれば、王侯貴族《おうこうきぞく》に関係する言葉でしょう。昨日《きのう》、コイツが反応《はんのう》した言葉は栞《しおり》が言った『バーロー』でした。それに発音が近い王侯貴族《おうこうきぞく》の称号《しょうごう》といえば……」

全員が、翔太郎《しょうたろう》を見ている。

「男爵《だんしゃく》を表す英語――バロン！」

「ニャア」

やったあああ！　と栞《しおり》たちが声をあげる。西《にし》さんはウンウンとうなずいている。

「見事だ、凪中《なぎちゅう》Q部。謎解《なぞと》きをとくと拝見《はいけん》させていただいた。さあ、この部屋から出ていきたまえ。ただし、ネコのことは学校には内緒《ないしょ》にしてくれよ」

西《にし》さんが宿直している夜にこのネコがやってきて、なついてきた。貴族《きぞく》のような白いヒゲから「バロン」と名づけて飼《か》うことにしたが、学校に見つかったら怒《おこ》られる。そこでQ部の貼《は》り紙《がみ》を見た西《にし》さんは、朝、部室へネコを連れていってカギを開けたのだという。昼間は部室でネコをかくまってほしいのと、「密室《みっしつ》にネコ」という謎《なぞ》を解《と》いてもらいたいという思いで……実は西《にし》さんもミステリーマニアだった。

かくしてQ部は、本格的《ほんかくてき》に始動することになったのである。

Q 02

ありがとう、先生

「せんせーい、さようならー」

校庭で遊んでいる小学生たちに大きな声で「せんせーい」と呼《よ》ばれていた男の人は、ニコニコと手を振《ふ》っていた。

凪《なぎ》学園中等部に通っている中崎栞《なかざきしおり》は、駅から家までの帰り道に小学校の前を通る。早い時間に学校が終わって家に帰る途中《とちゅう》、小学校の校門前でこの光景に出会った。

この先生は、きちんとしたスーツを着て、大きめの革《かわ》の鞄《かばん》を持っていた。

年齢《ねんれい》はアタシのお父さんよりも年上だと思うから、おそらく四十代後半かな。小学校の先生が帰る時間としてはちょっと早いけど、何かほかに用事があるんだと栞《しおり》は思った。

それにしてもこの先生、人気がある。

「あっ先生。お久《ひさ》しぶりでーす」

校門の前を通りかかった、制服姿《せいふくすがた》の女子高生にも声をかけられている。

「ああ、田中さん。久《ひさ》しぶりですね」

卒業生の名前も覚えているんだ。いい先生なんだろうな。

この先生とは休みの日に町の中で会うこともあった。駅前のショッピングモールに向かおうと大通りを歩いていると、先生が前から歩いてきた。

「あらぁ先生。今日もお仕事ですか、お忙《いそが》しいですね」

と、前を歩いていたおばあさんが先生に声をかけ、立ち話を始めた。

そのときは、この先生って、小学校だけでなく町の人たちにも知られているんだなと思った。もしかして校長先生なのかも。だとしたら多くの人に知られていてもおかしくない。

でも校長先生にしては若《わか》すぎるかも……。

栞《しおり》は疑問《ぎもん》を抱《かか》えたまま、その場を立ち去った。


次の休日。栞《しおり》は友だちの家に行く約束をしていた。

昼前に着く予定だったけれど、前の日に夜更《よふ》かしをして、起きたら十時をすぎていた。

早く着替《きが》えて出かけなきゃ。でも何かしらは口にしないと……けれど、テーブルの上にあったのは、弟のために買ってあったラムネ菓子《がし》くらい。

これしかないけど、しかたない——栞《しおり》はそう思ってカバンに入れて家を出た。

幸い、一時間に二本しかないバスに間に合った。これに乗れば間に合うはずだ。ホッとしながら空いている席に座《すわ》った。

しばらくして、栞《しおり》の横に座《すわ》っていた、ちょっと太っちょのおじさんが「ううう」と唸《うな》るような声をあげた。

え、なに、この人。ちょっと怖《こわ》いんだけど——席を替《か》えようかと思ったけど、休日だけあってバスは混《こ》んでいて、ほかに空いている席はない。

横のおじさんは、なおも低い声で唸《うな》っている。

と、次の瞬間《しゅんかん》。栞《しおり》の身体《からだ》にもたれかかってきた。

「キャッ!」と思わず叫《さけ》んでしまい、他のお客さんたちがこっちを見る。

するとおじさんは、栞《しおり》の身体《からだ》から滑《すべ》るように、下に倒《たお》れていく。

えっ、なに? 突然《とつぜん》の出来事《できごと》に、栞《しおり》はパニックになってしまって、言葉が出なくなる。

バタン、とおじさんはバスの床《ゆか》に倒《たお》れて、ブルブルとけいれんしはじめた。

「運転手さん、急病人です！」

近くにいた人が大声で知らせると、バスはゆっくりと停車した。

「なに」「どうしたの」「大丈夫《だいじょうぶ》かしら」と、あちこちから声があがるけれど、けいれんしている目の前のおじさんに、どうしていいかわからない様子だ。

「どうしました」

聞き覚えのある声がして栞《しおり》は顔を上げる。あの先生だった。

先生は、おじさんのもとへ駆《か》け寄《よ》って「大丈夫《だいじょうぶ》ですか」と声をかける。ウウと何か言いたげなおじさんの口元に耳を寄《よ》せ、先生は「ええ、はい」と聞いていたが、顔を上げると「甘《あま》いものを持っている方はいませんか！」と叫《さけ》んだ。

甘《あま》いものってお菓子《かし》のこと？　でもなんでこんなときにお菓子《かし》が必要なの——不思議に思いながら、そうだ、と栞《しおり》は持っていたラムネ菓子《がし》をカバンから取り出した。

「これでいいでしょうか」

「ああ、それが一番いいんです。いただきますね」

そう言って先生はラムネ菓子《がし》を受けとり、おじさんの口に何粒《なんつぶ》か入れる。するとどうだろう、おじさんの症状《しょうじょう》がだんだん落ち着いてきた。

「うん、これで大丈夫《だいじょうぶ》。君、ありがとね」

そう言うと先生は、運転手さんに救急車の出動要請《ようせい》をお願いした。バスの車内にいたお客さんたちも、ほっとした顔をしている。

おじさんが無事そうで何よりと思ったけれど、栞《しおり》は思わずつぶやいてしまう。

「どうして、ラムネ菓子《がし》が」

栞《しおり》が不思議そうな顔をしていたのだろう。先生はラムネ菓子《がし》を手に説明する。

「この方は糖尿病《とうにょうびょう》という病気で、血糖値《けっとうち》が下がると具合が悪くなるんですよ。そのときはブドウ糖《とう》が一番いいのですが、このラムネ菓子《がし》に多く入っているんです」

この人すごい。いろんなことを知っているんだ。あ、もしかして。

「小学校の、理科の先生なんですか」

「え、なんで小学校？」

「小学生たちに先生、先生って言われているのを見たことがあったんです。あと高校生とか、町中でおばあさんとかにも」

　フフフと先生は恥《は》ずかしそうな笑顔《えがお》を見せた。

「先生であることは確《たし》かですが、私《わたし》は医者なんですよ。小学校の健康診断《しんだん》も担当《たんとう》する、地元の病院に勤務《きんむ》しています」

　だから高校生も、おばあさんも、お医者さんとして「先生」って呼《よ》んでいたんだ。

　栞《しおり》の疑問《ぎもん》が晴れた瞬間《しゅんかん》だった。それにしても、このお医者さんの「先生」がバスに乗っていてくれて本当によかった。

　ありがとう、先生——。

　栞《しおり》はそう心の中でつぶやいた。

Q03

グラウンド抽選《ちゅうせん》

ミステリー研究部あらため「Q部」の部室では、今日も四名の部員たちが思い思いのスタイルで放課後をすごしている。

といっても、謎《なぞ》を解明《かいめい》すべく発足《ほっそく》したQ部なのだから、その謎《なぞ》自体がない場合には特にすることもない。だからのんびりとした時間となっている。

およそ十畳《じょう》の室内。一年生の竹ノ内優也《たけのうちゆうや》と木佐貫《きさぬき》ユカリは部室中央の大きな机《つくえ》で宿題を黙々《もくもく》とこなしている。このあと彼《かれ》らは最終下校時刻《じこく》まで本を読むなどしてすごしてから、塾《じゅく》に向かうのがルーティンだ。

部長の桐谷翔太郎《きりやしょうたろう》は部屋の隅《すみ》が定位置。パイプ椅子《いす》に座《すわ》って、分厚《ぶあつ》いミステリー小説に没頭《ぼっとう》している。数分おきにページがめくられる音以外は、いたって静か。彼《かれ》の足もとには、警備員《けいびいん》の西さんから預《あず》かっているネコのバロンが、これまた静かに昼寝《ひるね》中。

そして——「実質的《じっしつてき》Q部の部長」といえる、副部長の中崎栞《なかざきしおり》といえば……。

「たぁくもぉおおおっ。謎《なぞ》はないの。なんて平凡《へいぼん》でツマラナイ学校なの！」

苛立《いらだ》たしげに立ち上がると、カバンから双眼鏡を出して窓《まど》に近づく——これは栞《しおり》の日課となっている。部室の窓《まど》から、謎《なぞ》を見つけようとしているのだ。

Q部は部室棟《とう》の二階にある。せまい中等部の敷地《しきち》には、教室棟《とう》、体育館、そして部室棟《とう》の三つの建物がグラウンドを囲むように立っている。

「しっかし、せまいよね。体育館の二倍ぐらいしかない広さで、どうしてふたつの部が同時に練習できるのか、不思議だわ」

ゴムっぽい緑色の舗装《ほそう》がなされたグラウンドの周囲には、校舎《こうしゃ》のガラス保護《ほご》のためにネットが張《は》りめぐらされている。さらにカーテンのようなネットでグラウンドは二分《にぶん》され、ふたつの部活が同時に練習できる仕組みになっていた。

「ん、あれって何」

外の異変《いへん》に気づいた栞《しおり》が、前のめりになる。

「どうしたんすか、栞先輩《しおりせんぱい》」

宿題のノートから顔を上げた優也《ゆうや》が、栞《しおり》に話しかける。

「んーとね、あの人たちは確《たし》か野球部と、サッカー部のキャプテンだわ。それにあの、熱血男として知られるテニス部の部長、竹岡修司先輩《たけおかしゅうじせんぱい》もいるわね」

ワクワクした口調で答える栞《しおり》は、双眼鏡を目から離《はな》さない。

「グラウンドで活動をしている運動部の部長三人が、隅《すみ》っこで何か話し合っているみたいだけど……あ、竹岡先輩《たけおかせんぱい》が頭を抱《かか》えてうずくまった」

栞《しおり》の実況中継《じっきょうちゅうけい》で、ほかのQ部のメンバーにも外の様子がわかる。

「するとぉ、突然《とつぜん》、竹岡先輩《たけおかせんぱい》が立ち上がって走り出したぁ。ドドドドって勢《いきお》い。すごい顔つき。いったい何が起こったというの？　あとのふたりは笑っているけど」

ここで栞《しおり》はようやく双眼鏡を目から離《はな》した。

「これは事件《じけん》のにおいがプンプンするわね。Q部としては黙《だま》っておけないわ。さあみんな、現場《げんば》に行くわよ」

「いや、必要ない」

「翔太郎《しょうたろう》、部長であるアンタが消極的じゃ、Q部の存在意義《そんざいいぎ》がなくなるじゃない」

「行く必要がないという意味だ——つまり、ここを動かなくてもいい」

「どういうコト?」

部長の言った言葉の意味が、栞《しおり》はもちろんふたりの後輩《こうはい》もわからず、きょとんとした顔になっている。

「お前たちには聞こえないのか」と翔太郎《しょうたろう》は部室のドアを指さす。

ドドドド——勢《いきお》いよく走る音が近づいてくる。

「え、何よこのドドドドって音……あ、もしかして」

栞《しおり》が気づくより早く、バン! といきなりQ部のドアが開けられた。

フギャッ! おどろいたネコのバロンが毛を逆立《さかだ》てて飛び上がる。

——ハア……ハア……ハア……ハア……。

廊下側《ろうかがわ》からの逆光《ぎゃっこう》に浮《う》かび上《あ》がった大きなシルエット。激《はげ》しい息づかいで、肩《かた》の部分が大きく上下している。

「ほらね」と翔太郎《しょうたろう》。

Q部の部室に飛《と》び込《こ》んできたのは、今さっきまで栞《しおり》が双眼鏡でのぞいていた、テニス部の部長、竹岡修司先輩《たけおかしゅうじせんぱい》だった。

「謎《なぞ》を……謎《なぞ》を解《と》いてくれよぉ、Q部の諸君《しょくん》！」

頭から湯気が立ちのぼっている。だがそれよりもQ部メンバーが目をみはったのは、血走った目から溢《あふ》れ出《で》ている涙《なみだ》だった。

数分後。

竹岡先輩《たけおかせんぱい》は椅子《いす》に座《すわ》り、ガックリとうなだれて、Q部メンバーに囲まれている。ようやく落ち着きを取《と》り戻《もど》した様子だ。

（こんなに意気消沈《いきしょうちん》した竹岡先輩《たけおかせんぱい》って、はじめて見たわ）

栞《しおり》はまじまじと竹岡先輩《たけおかせんぱい》を見つめる。

別名「凪中《なぎちゅう》の太陽」と呼《よ》ばれている竹岡先輩《たけおかせんぱい》は、存在《そんざい》そのものがパワフルで、エネルギッシュで、ギラギラとかがやいている。どんなに寒い冬の部活でも、この人がグラウンドに現《あらわ》れると周囲の温度が五度は上がるという都市伝説があるくらいだ。まあよく言えば周囲の空気を温め、明るくさせる存在《そんざい》であるが、逆《ぎゃく》に言うと、熱すぎてドン引きさせることもある、ということ。だが、彼《かれ》の熱血的なリーダーシップで凪中《なぎちゅう》のテニス部は実力を上げ、前回の県大会では団体戦《だんたいせん》で優勝《ゆうしょう》。今、乗りに乗っている部だ。

そんなテニス部の顔ともいえる竹岡先輩《たけおかせんぱい》が、なぜ、どうして、こんなに憔悴《しょうすい》してQ部に助けを求めてきたのか――まずは事情《じじょう》を聞かねばなるまい。

「その謎《なぞ》を、お聞かせいただけますか、竹岡先輩《たけおかせんぱい》」

落ちついた口調で、部長の翔太郎《しょうたろう》が話しかける。

竹岡先輩《たけおかせんぱい》がゆっくりと顔を上げた。頬《ほお》には涙《なみだ》のあとが残っている。

「解明《かいめい》してほしい謎《なぞ》というのはな、このオレ、竹岡修司《たけおかしゅうじ》のクジ運の悪さについてだ」

「クジ運?」と、栞《しおり》が思わず聞き返す。

「クジって、宝《たから》クジとかの、ですか?」

「そうだ。そのクジ運の悪さに、オレは今、打ちひしがれている」

栞《しおり》がなおも聞いていくと、毎週一度、テニス部、野球部、サッカー部の部長が揃《そろ》い、グラウンドの使用権《しようけん》をクジ引きで決めているとのこと。

「平等に使うということでせまいグラウンドを二分割《ぶんかつ》しているだろ。月曜は野球部とテニス部、火曜はサッカー部と野球部、水曜はテニス部とサッカー部、木曜はテニス部と野球部。そして金曜はサッカー部が半面を使う」

「なるほど、それで毎週、各部が三回ずつグラウンドを使用することができると」

翔太郎《しょうたろう》はもう計算ができていた。

「金曜のもう半面は、クジ引きで当たった部が使用できるんですね」

「その通りだ。もしサッカー部が当たれば、彼《かれ》らは全面使える」

「まあ、それがクジなら、ある意味で平等かもしれないわ」と栞《しおり》はうなずく。

「だが聞いてくれ、Q部の諸君《しょくん》。そのクジ引きにテニス部……というか、このオレは一度も当たったことがないんだ」

「クジ運が悪いから……でしょう？」

「二十回連続でハズレだぞ？　それでも、クジ運が悪いで片《かた》づけられるか!?」

「え、そんなに……」

栞《しおり》の声が思わず裏返《うらがえ》る。この人がグラウンドに現《あらわ》れると、降《ふ》っている雨も一時的に止《や》むという噂《うわさ》がある。それほど「引き」の強い竹岡先輩《たけおかせんぱい》なのに、どうして二十回も……。

「なぜテニス部だけが、当たらないんだあぁぁっ！」

そう叫《さけ》んで、竹岡先輩《たけおかせんぱい》が机《つくえ》に突《つ》っ伏《ぷ》してしまった。

……ど、どうしよう。栞《しおり》たちは困惑《こんわく》するが、翔太郎《しょうたろう》だけは冷静に語りかける。

「先輩《せんぱい》、もう少し詳《くわ》しく話を聞かせてください。そのクジというのは、どのように行われるんですか？」

翔太郎《しょうたろう》の質問《しつもん》に竹岡先輩《たけおかせんぱい》はまた顔を上げる。なんか、忙《いそが》しい人だ。

「週の最初、月曜日の放課後に、各部の部長がグラウンドに集まるんだ。クジ引きの紙を作ってくるのはサッカー部の田中《たなか》か野球部の小西《こにし》だ。小さく切った三枚《まい》の紙にそれぞれ『テニス部』『野球部』『サッカー部』と書いてある。それを裏返《うらがえ》して、三人のうちひとりが、一枚《いちまい》を引く……というやり方になっている」

「クジを引くのは」

「そのときによって違《ちが》っている。今日はオレが引いたが、二十回目のハズレだった」

「最初に、裏返《うらがえ》した三枚《さんまい》を持っているのは？」

「作ってくれた田中《たなか》か、小西《こにし》だ」

それを聞いた翔太郎《しょうたろう》は、ふうん、という顔をした。

「でも竹岡先輩《たけおかせんぱい》、三枚《まい》のクジを裏返《うらがえ》しただけでは、どれが『テニス部』と書いてあるかわかってしまうかもしれませんよね。もしかして田中先輩《たなかせんぱい》か小西先輩《こにしせんぱい》は、一度その三枚《まい》を身体《からだ》の後ろに回して、シャッフルさせていませんか」

「その通りだ。クジを引くやつに見えないようシャッフルするから、公平になるんだ」

「本当にそれは、公平なのでしょうか？」

「君、何を言うんだ！　スポーツマンたるもの、クジ引きでも正々堂々と行うに決まっているではないか。オレは彼《かれ》らを信じている。断《だん》じて不正など、あり得ない！」

「ですよね……わかりました」

翔太郎《しょうたろう》は、うんうんとうなずいている。

「もしかして翔太郎《しょうたろう》、アンタもう謎《なぞ》は解明《かいめい》できたの？」

「ああ」

栞《しおり》の問いかけに、翔太郎《しょうたろう》は自信ありげに答えた。

「竹岡先輩《たけおかせんぱい》。もしよろしければ来週のクジ引きの前に、もう一度このQ部に来ていただけませんか？　必ず当たるという保証《ほしょう》はできませんけど、当たる確率《かくりつ》が少しは上がるおまじないならできると思います」

「おまじない？　信じていいのか」

「ええ、お待ちしてます」

竹岡先輩《たけおかせんぱい》の話を聞いた翔太郎《しょうたろう》が、何に気がついて、どんなおまじないを来週《らいしゅう》するのか
――栞《しおり》と一年生ふたりはわからなかった。自信を取《と》り戻《もど》した竹岡先輩《たけおかせんぱい》が部室を出ていった
あと、栞《しおり》は「どういうコトよ」と翔太郎《しょうたろう》に質問《しつもん》したが、

「なあに、来週になればわかるから、それまでのお楽しみだ」

翔太郎《しょうたろう》は微笑《ほほえ》むだけで、詳細《しょうさい》を語ろうとはしなかった。


翌週《よくしゅう》。

再《ふたた》びQ部の部室に来た竹岡先輩《たけおかせんぱい》に、翔太郎《しょうたろう》は「これが、おまじないです」と、三枚《まい》の紙
を渡《わた》した。大きさはトランプと同じくらい。ただし、色は赤である。

「テニス部、野球部、サッカー部と書いてある。ということは……」

「そう、今日はこれを使ってクジ引きをしてください」

「なるほど。この色なら、縁起《えんぎ》がよさそうだ！」

「それと竹岡先輩《たけおかせんぱい》、これを出すときに『オレはわかってるから』とふたりに言ってください。そこまでが、おまじないです」

「わかった。試《ため》してみるよ」

嬉々《きき》としてQ部をあとにする竹岡先輩《たけおかせんぱい》を見送ったあと、栞《しおり》が翔太郎《しょうたろう》に詰《つ》め寄《よ》った。

「どういうコトよ、翔太郎《しょうたろう》。赤い紙に変えて、クジ運が上がるっていうのは」

「少なくとも、ゼロパーセントから、三十三パーセントくらいには上がったと思う」

「ゼロ？」

「ああ、もうすぐ今週のクジ引きが始まるから、お前はいつもの双眼鏡でその様子を実況《じっきょう》中継《ちゅうけい》してくれ」

「もぉ、何が何だか、わかんない！」

口をとがらせて、栞《しおり》はカバンから双眼鏡を取り出した。

窓際《まどぎわ》の、いつもの位置にスタンバイした栞《しおり》が、「あ、竹岡先輩《たけおかせんぱい》が走ってる」と叫《さけ》ぶ。

「さっき翔太郎《しょうたろう》が渡《わた》した赤い紙をかざして――何かふたりに話してるみたい。今回はこれを使ってくれ、って言ってると思う」

「あとのふたり、どんな顔をしてる」

「えーとね、ちょっと面食らった感じ。断《ことわ》ろうとしてるけど、竹岡先輩《たけおかせんぱい》がいつもの熱さでグイグイと押《お》し切《き》ってるわ。あ、交渉《こうしょう》成立みたい。ふたりが黙《だま》っちゃったわ。田中先輩《たなかせんぱい》が受け取って……すぐに目の前でシャッフルさせている」

「はい、ここでQ部の諸君《しょくん》にクエスチョン。先週、竹岡先輩《たけおかせんぱい》がここに来て話してくれたクジ引きの手順と違《ちが》うところは？」

いきなり翔太郎《しょうたろう》が問題を出したので、みなが「えっ？」とおどろく。

そして全員が数秒、考える。

「わかりました」と一年のユカリが手を上げた。

「これまでは、三枚《まい》の紙を身体《からだ》の後ろに回してシャッフルしていたはずです」

「そうだな。じゃあ、なんで今日は後ろに回さなかったんだ？」

「わかったあああ！」

栞《しおり》が叫《さけ》ぶ。

「三枚《まい》のクジを身体《からだ》の後ろに回していたのは、不正をやっていたからよ。つまり、最初はテニス部、野球部、サッカー部と三枚《まい》にそれぞれ書いてあったけど、後ろに回したときに、ポケットに入れていた、違《ちが》う三枚《まい》と入《い》れ替《か》えた」

「ああ、それで」と優也《ゆうや》も気がつく。

「入《い》れ替《か》えた三枚《まい》にはすべて野球部、もしくはサッカー部と書かれてあったんすね」

「そうよ。どれを引いても野球部か、サッカー部しか当たらないカラクリになっていたってコトなのね。残りの二枚《まい》をすぐに捨《す》ててしまえば、証拠《しょうこ》は隠滅《いんめつ》できるワケだし」

「翔太郎先輩《しょうたろうせんぱい》が赤い紙を渡《わた》したのは、ふたりが用意した白い不正クジとのすり替《か》えを防《ふせ》ぐためだったんすね」

「だから田中先輩《せんぱい》は、もう不正ができないとあきらめ、今日は手前でシャッフルをした」

謎《なぞ》が判明《はんめい》した栞《しおり》と優也《ゆうや》は、うんうんと納得《なっとく》した顔をしている。

「でも、野球部とサッカー部は、どうしてそんな意地悪なことをしたんでしょうか」

悲しそうな顔でユカリが翔太郎《しょうたろう》にたずねる。

「オレも、そのことが気になって、この一週間調べてみたんだ。……ひとことで言えばジェラシー、だな」

「ジェラシー？　嫉妬《しっと》ってことですか？」

「ああ。あの熱血キャプテンになってから、テニス部は県大会で優勝《ゆうしょう》したり、いい成績《せいせき》を残しているだろ。二年の野球部、サッカー部の連中に聞くとな、どうやらそのことに部長のふたりは嫉妬《しっと》していたらしい。優勝《ゆうしょう》できるほどの実力があるなら、金曜のグラウンド抽《ちゅう》選《せん》に当たらなくてもいいだろうって考えたんだろ」

「何か、スポーツマンらしくない発想ですね」

「だよな。だから、このことはQ部だけの秘密《ひみつ》にしておこう。もしこの不正を竹岡先輩《たけおかせんぱい》が知ることになったら、あの熱血キャラがどうなってしまうか……」

うん、それは想像《そうぞう》するだけで恐《おそ》ろしい――と誰《だれ》もが思った。

「まぁ、先輩《せんぱい》にはもうひとつおまじないを伝えたから大丈夫《だいじょうぶ》だろ」

「『オレはわかってるから』ってやつですか？」

「おそらく、この言葉でふたりは『バレた』と思ったはずだ」

聞いていた優也《ゆうや》は感心している。

「なるほど、さすが翔太郎先輩《しょうたろうせんぱい》っすね。それで今後は不正を……」

「あああっ！」

突然《とつぜん》、部室に響《ひび》き渡《わた》った栞《しおり》の叫《さけ》び声《ごえ》で会話が途切《とぎ》れる。

「朗報《ろうほう》よ！　不正なしの今回のクジ引きで、ついに竹岡先輩《たけおかせんぱい》がアタリを引いたみたい！」

全員が窓際《まどぎわ》に駆《か》け寄《よ》る。

数十メートル離《はな》れたグラウンドの隅《すみ》、表情《ひょうじょう》をはっきりと見ることはできないけれど、飛《と》び跳《は》ねている竹岡先輩《たけおかせんぱい》の姿《すがた》だけは確認《かくにん》できた。人間って喜びを爆発《ばくはつ》させると、あんなに高く、何度も飛《と》び跳《は》ねることができるんだ。

しばらくして、竹岡先輩《たけおかせんぱい》の姿《すがた》は視界《しかい》から消える。

「みんな、先輩《せんぱい》の当選をお祝いしにいきましょうよ！」

「栞《しおり》、その必要はない」

ドドドド――勢《いきお》いよく走る音が聞こえてくる。

Q 04

これを食べてはいけません

Q部の部長、桐谷翔太郎《きりやしょうたろう》には妹がいる。

名前は桐谷舞《きりやまい》――兄と同じ凪《なぎ》学園に通っている、初等部の五年生。

そして今彼女《かのじょ》は、生まれて十一年目にして、なかなかに高い人生のハードルに直面していた。それは、学校から帰宅《きたく》したときに見たものが原因《げんいん》だ。

「こ、これって」

舞《まい》にとって魅力的《みりょくてき》な菓子箱《かしばこ》が、リビング中央のテーブルに置かれてあった。

お弁当箱《べんとうばこ》よりも少し大きい、紙製《かみせい》の赤い箱――そう、それはまぎれもなく舞《まい》の大好物である「かどやの甘納豆《あまなっとう》つめ合わせ」だ。

だが。

その紙箱のフタには、母親がマジックで大きく書いた文字が……。

《これを食べてはいけません　お客さま用です　母より》

舞《まい》は混乱《こんらん》し、たじろぐ。

これって、どういうコトなの、お母さん。

お父さんは仕事、お母さんも習い事で六時すぎまで帰らない日だから、私《わたし》はカギを出してドアを開けて家に入った。お兄ちゃんはQ部の活動があるから、帰るのはもう少しあとだろう。つまり、今家にいるのは私《わたし》だけ。

お母さんは、この「かどやの甘納豆《あまなっとう》」が私《わたし》の大好物であることを知っている。なのにこんなひとりで留守番《るすばん》をしなくちゃいけない日に、リビングのテーブルにこれを置いて、しかも《これを食べてはいけません》だなんて……意地悪にも程《ほど》がある。

非情《ひじょう》な仕打ちに舞《まい》は泣きそうになる。その一方で、

(これはきっと、何かのワナに違《ちが》いない)

と猜疑心《さいぎしん》をムクムク膨《ふく》らませる。もしかして、リビングのどこかに隠《かく》しカメラがあって、私《わたし》の一挙一動を監視《かんし》しているとか……。

もおお、考え出したらもう、キリがないってば。

混乱《こんらん》する頭を激《はげ》しく振《ふ》りながら――それでも舞《まい》の目は一点に集中している。

赤い箱、それはつまり「かどやの甘納豆《あまなっとう》つめ合わせ」であり、この中には私《わたし》の大好きな甘納豆《あまなっとう》がたくさん入っている……ああ、ダメだ。手が、勝手に……。

抑《おさ》えようとする理性《りせい》を、食欲《しょくよく》という本能《ほんのう》が踏《ふ》みつぶしていく。舞《まい》の手はいつしか、赤い箱のフタを開けてしまっていた。

「ああ、あああああ……」

黒、緑、黄色、茶色といった色とりどりの甘納豆《あまなっとう》たちが、舞《まい》を見上げていた。

ゴクリ、と舞《まい》は唾《つば》を飲《の》み込《こ》む。と、同時に、心の中の悪魔《あくま》が、舞《まい》にささやきかけるのだ。

(大丈夫《だいじょうぶ》だってば。小さいやつを一個《こ》くらいなら、バレやしないって)

「そ、そうだよね」

理性《りせい》を失った舞《まい》の脳内《のうない》はショートして、悪魔《あくま》の誘惑《ゆうわく》に乗ってしまう。

震《ふる》える右手をそっと伸《の》ばし、黒い一粒《つぶ》をつまみ上げ、そっと口に運ぶ。

――うううううん、甘《あま》ああああい。

たった一粒《つぶ》の甘納豆《あまなっとう》なのに、全身の神経《しんけい》を刺激《しげき》されて天国にいるような気分になる。

でもダメ。《これを食べてはいけません》って書いてあるのだから、これ以上はいけない、これ以上は……。

(大丈夫《だいじょうぶ》だってば。もうちょっとくらいなら、バレやしないって)

またしても、悪魔《あくま》がささやいてくる。

「だよね。だよね」

もう、いけなかった。とうとう舞《まい》は、悪魔《あくま》の誘惑《ゆうわく》に敗北してしまった。

十分後、我《われ》に返った舞《まい》は、目の前の惨劇《さんげき》に悲鳴をあげる。

「あああああっっっ!」

一粒《つぶ》だったはずの甘納豆《あまなっとう》を、もうちょっとくらいなら、もうちょっとくらいなら——をくり返しているうちに、半分近くを食べてしまっていた。ぎっちり入っていたはずなのに、気づけば底の部分が見えている。

「どうしよう。どうしよう。どうしよう」

舞《まい》はうろたえる。お小遣《こづか》いはまだあるはずだ。今から駅前まで走って、同じものを買ってきて入れ替《いか》えればいいのかも……。

カチャ！

ドアのカギが開けられる音に、総毛立《そうけだ》つ。

「ただいまー。舞《まい》、いるのか？」

「お……お兄ちゃああああん！」

母ではなく、兄の翔太郎《しょうたろう》が思ったより早く帰ってきたのだ。舞《まい》は、泣きながら玄関《げんかん》に走っていき、兄に抱《だ》きついた。

「どうした舞《まい》？」

「あのね、甘納豆《あまなっとう》がね、甘納豆《あまなっとう》がね……」

しゃくり上げる声で、ことのしだいを説明すると、翔太郎《しょうたろう》は半分になった甘納豆《あまなっとう》の箱を見て笑った。

「美味《おい》しそうじゃないか。オレもいただくとするよ。そうすればオレも同罪《どうざい》だ」

そう言って翔太郎《しょうたろう》は、残っていた甘納豆《あまなっとう》を食べてしまった。

「大丈夫《だいじょうぶ》なの、お兄ちゃん」

「ああ、安心しろ。策《さく》はある」

一時間後、帰宅《きたく》した母親の「舞《まい》、降《お》りてらっしゃい！」と叫《さけ》ぶ声が一階から響《ひび》く。

翔太郎《しょうたろう》と共に階段《かいだん》を降《お》りていくと、目を吊《つ》り上《あ》げた母親がいた。

「あなた《これを食べてはいけません》って書いてあったのが見えなかったの!?」

「見えたよ」と答えたのは翔太郎《しょうたろう》だ。

「ちなみにオレも半分食べた」

「翔太郎《しょうたろう》も？　どうして食べたのよ」

翔太郎《しょうたろう》は微笑《ほほえ》みながら《これを食べてはいけません》と書かれたフタを手にする。

「ここに書いてある通り、これ――すなわち、紙箱のフタは食べてないよ。中の甘納豆《あまなっとう》は食べたけどね」

Q05

歴代学園長のクエスチョン

やわらかな午後の日射《ひざ》しが、Q部の部室を照らしている。

放課後、のんびりとした空気が支配《しはい》していて、部室で預《あず》かっているネコのバロンが「フワアアア……」と口を大きく開けて、あくびをする。

「まったくもう。バロンまで退屈《たいくつ》で、あくびしてるじゃない。退屈《たいくつ》は猫《ねこ》をも殺すのよ」

「それを言うなら、好奇心《こうきしん》は猫《ねこ》をも殺す――だ。イギリスのことわざで、過剰《かじょう》な好奇心《こうきしん》は身を滅《ほろ》ぼす――お前みたいなやつのことを言う」と冷静に翔太郎《しょうたろう》が返す。

「余計《よけい》なお世話よ。アタシはこの退屈《たいくつ》にウンザリしているだけ」

栞《しおり》が吐《は》き捨《す》てるように言う。そうなのだ。謎《なぞ》がないときのQ部はヒマだった。

「だったら」部長の翔太郎《しょうたろう》が、手元のミステリー小説をポンと閉《と》じて視線《しせん》を栞《しおり》に向ける。

「この凪《なぎ》学園について調べてみたらどうだ。百年以上の歴史があるのだから、謎《なぞ》のひとつやふたつ、見つかるんじゃないか」

「歴史は過去《かこ》の話じゃないの。アタシが求めているのは、今そこにある謎《なぞ》なのよ」

「過去《かこ》があるから、現在《げんざい》がある」

「アンタのヘリクツは、聞《き》き飽《あ》きましたぁ！」

栞《しおり》は、わざとらしく耳を両手でふさぐ。

「では聞くが、この学校の名称《めいしょう》は、どうして『凪《なぎ》』っていうか、答えられるか？」

「……そんなコト、考えたこともなかったわよ」

「謎《なぞ》を解明《かいめい》するQ部だろ。だったら、その謎《なぞ》から調べてみたらいいんじゃないか」

翔太郎《しょうたろう》にイーッとしかめっ面《つら》を見せて、栞《しおり》はカバンからスマートフォンを取り出す。授《じゅ》業《ぎょう》中はもちろん使用禁止《きんし》だが、放課後の使用は認《みと》められている。遠方から通う生徒や、習いごとや塾《じゅく》に直行する生徒たちへの配慮《はいりょ》だろう。

栞《しおり》がスマートフォンをタップした瞬間《しゅんかん》、ピンポンパンポーンと学内アナウンスを伝える音が鳴る。これは主に、職員室《しょくいんしつ》にいない先生を呼《よ》び出《だ》すときに使われるものだ。

《連絡《れんらく》します。Q部の諸君《しょくん》は、今すぐ学園長室に来てください。くり返します。Q部の諸《しょ》

君《くん》は学園長室に……》

「……………………」

無言になったQ部の四人が、おたがいに顔を見合わせる。

「どういうコト？」と口火を切ったのは、栞《しおり》だ。

「もう一度言うわ。これってどういうコト？ アタシたち、何かやらかした？ ねえ翔太《しょうた》郎《ろう》。もしかしてアンタ、学校に対して反逆的《はんぎゃく》なコトをやらかした？ それともユカリ？ それとも優也《ゆうや》？」

「落ち着け、栞《しおり》」

翔太郎《しょうたろう》が立ち上がる。

「今のところ、一番やらかしそうなのは、お前だ。だが、アナウンスは我々《われわれ》Q部の全員に対して呼《よ》びかけている。つまり、対象はQ部そのものだ」

「じゃあ、アタシたち全員が、何かやらかした——ってコトなの？」

「それは学園長室に行ってみるまでわからないな」

「えええええ」とユカリが不安を丸出しにした声をあげる。

「翔太郎先輩《しょうたろうせんぱい》、栞先輩《しおりせんぱい》、ワタシたちQ部はどうなっちゃうんですかぁ？」

「それを含《ふく》めて、行ってみるほかない……バロン、留守番《るすばん》を頼《たの》む」

翔太郎《しょうたろう》は、足もとにいたネコに声をかけるとドアに向かって歩き出したが、部員たちの困惑《こんわく》している表情《ひょうじょう》を見て、ニッと笑う。

「大丈夫《だいじょうぶ》だ。みんなが恐《おそ》れるような事態《じたい》にはならない。だって、誰《だれ》も身に覚えがないんだろう？」

あとの三人は、部長である翔太郎《しょうたろう》の言葉を信じて、部室をあとにした。

Q部の四人が向かった先は、本部棟《とう》と呼《よ》ばれるキャンパス中央の建物だった。

凪《なぎ》学園を運営《うんえい》している本部である。ここに生徒たちが足を踏《ふ》み入《い》れることは、めったにない。だからこそ重厚《じゅうこう》なカーペットが敷《し》かれた三階に上がると、誰《だれ》もが緊張《きんちょう》した顔つきになった。

「学園長室は一番奥《おく》だったはずだ」

先頭に立った翔太郎《しょうたろう》が、目を細めて廊下《ろうか》の先を見やる。木目調《もくめちょう》の、これまた重厚《じゅうこう》な扉《とびら》が彼《かれ》らを待ち受けていた。それがどんどん、近づいてくる。

「ねえユカリ、学園長と話したことある？」

「ないですよぉ。だって一番エライ人じゃないですかあ。ワタシなんて、とてもとても」

「だよねー。アタシだって見たことはあるけど、話したことはないわ」

緊張《きんちょう》で声が震《ふる》えているが、栞《しおり》は冷静さを保《たも》とうとしている。

「でもさあ、見たことはアンタたちだってあるでしょ。だって、学内を歩いていると、どうしても目立っちゃうんだから」

「そうっすね」と、優也《ゆうや》が同意する。「酒樽《さかだる》みたいに、でっぷりとしたお腹《なか》。口ひげに黒メガネ。でもって髪《かみ》はなくなってて、ツルツル――そんなオジイサンが学校内を歩いていたら、目立つに決まってるっす」

「優也《ゆうや》、そのご本人がいる部屋の真ん前なのよ。声がでかい！」

「あ……スンマセン」

栞《しおり》の声の方が数段《すうだん》でかいのだが、優也《ゆうや》は反論《はんろん》できない。

「みんな、覚悟《かくご》はいいな？」

翔太郎《しょうたろう》が、部員たちを今一度見る。みんながウンとうなずいたのを確認《かくにん》してから、コンコンとゆっくりドアをノックした。

「どうぞ、お入りください」

部屋の中から声がした。今さっき噂《うわさ》をしていた、この部屋の、いや、この学園の主である学園長——仙波忠則《せんばただのり》氏のものである。

翔太郎《しょうたろう》は、グッと力を込《こ》めてドアを開け、「失礼します」と一礼してから室内へ進む。あとの三人もそれに倣《なら》って、恐《おそ》る恐《おそ》る入っていく。

「やあやあ、Q部の諸君《しょくん》、お待ちしておりましたよ」

ニコニコしながら、大きなお腹《なか》を揺《ゆ》らして学園長が近づいてくる。

——この人の目的って、何だろう？

Q部の誰《だれ》もが、同じことを考えていた。中等部の生徒たちを本部棟《とう》の、それも学園長室に放送で呼《よ》びつけて、ニコニコと出迎《でむか》えているのだ。

「なぜ自分たちが、ここに呼《よ》ばれたのかわからない——という顔をしておりますな」

「その通りです、学園長」

代表して、翔太郎《しょうたろう》が答える。

「まあ、それはそうでしょうねえ。ささ、まずはそこに座《すわ》ってください。今お茶を用意させます」

学園長が指《さ》し示《しめ》したのは、部屋の中央にある応接《おうせつ》セットだ。革張《かわば》りの、どうみても高級そうなソファーが並《なら》んでいる。

「失礼します」

翔太郎《しょうたろう》を先頭にメンバーは腰《こし》を下ろす。

向かい合った席についた翔太郎《しょうたろう》と栞《しおり》は、おたがいを見て軽くうなずく――どうやら、学園長の様子では歓迎《かんげい》されている、悪い呼《よ》び出《だ》しではない、とおたがいに確認《かくにん》しあった。

奥《おく》の扉《とびら》が開くと、秘書《ひしょ》と思われる女性《じょせい》がお茶を運んできてくれた。ふわん、と鼻腔《びこう》をくすぐる紅茶《こうちゃ》の香《かお》りは、アールグレイだなと栞《しおり》は思った。

「さて、Q部の諸君《しょくん》」

どっかとソファーに座《すわ》った学園長は、お腹《なか》がつかえるようで、身体《からだ》を後ろにそらしながら四人を見る。

「本日こうして来ていただいたのは、私《わたし》が今朝《けさ》、学内を巡《めぐ》っているとき、中等部の掲示板《けいじばん》に、気になるポスターを見つけたからです」

「それって」と栞《しおり》が反応《はんのう》する。

「謎解《なぞと》き、はじめました――のことですか」

「その通りですよ。二年A組の中崎栞君《なかざきしおり》」

「え、アタシの名前をご存《ぞん》じなのですか？」

――アタシ、学園長にマークされてる？　たじろぐ栞《しおり》に、学園長はニッコリと微笑《ほほえ》む。

「ご存《ぞん》じも何も、私《わたし》はこの凪《なぎ》学園の最高責任者《せきにんしゃ》ですよ。初等部、中等部、高等部の、すべての生徒の名前と学年、クラスを覚えておくことが、学園長である私《わたし》の仕事です」

と言って学園長はすぐさま「中崎栞《なかざきしおり》君と同じく二年A組の桐谷翔太郎《きりやしょうたろう》君、一年A組の木《き》佐貫《さぬき》ユカリ君に、一年C組の竹ノ内優也《たけのうちゆうや》君ですよね」とQ部のメンバー全員のクラスと名前を言い当てる。

「す、すごいです」と、栞《しおり》が声をあげる。

小中高すべての生徒なら、ぜんぶで千五百人はいるはずだ。この人の記憶力《きおくりょく》って……。

「まあ、ほかにすることがないのか、と言われればそうかもしれませんがね」

ホッホッホ——と甲高《かんだか》い声で、学園長は笑っている。

「それで話を戻《もど》しますが、Q部の諸君《しょくん》。いえ、元はミステリー研究部の諸君《しょくん》」

すると、今さっきまで朗《ほが》らかに笑っていた顔が引《ひ》き締《し》まった。

「この私《わたし》が五十年以上前、凪《なぎ》学園中等部のミステリー研究部のメンバーだったことは、ご存《ぞん》じなかったかね」

——え?

四人は思わず、たがいの顔を見合う。だってミステリー研究部は、四月に翔太郎《しょうたろう》たちによって作られた、新しい部のはずだ。

「ははん。その顔を見ると、知らなかったようですね。詳《くわ》しく説明しますとな。もともと凪《なぎ》中のミステリー研究部は五十年以上前から存在《そんざい》していたのですよ。しかし部員がいなくなったことで自然消滅《しょうめつ》したのが十五年前のこと」

「そうだったんですね。知りませんでした」

「中崎栞君《なかざきしおり》、あなたが発起人《ほっきにん》であると、中等部の先生から聞きましたよ。歴史あるミステリー研究部を復活させてくれて感謝《かんしゃ》します……と言いたいところですが、残念なことにその名称《めいしょう》が『Q部』に変更《へんこう》されてしまいました」

「あ……それは、その」

「ミステリー研究部のOBである私《わたし》には、認《みと》めがたいことです」

――どうしよう。栞《しおり》の背筋《せすじ》に冷たい汗《あせ》が流れる。

「お言葉ですが、学園長」と、向かいに座《すわ》った翔太郎《しょうたろう》が、老人に微笑《ほほえ》みかける。

「反論《はんろん》かね、桐谷翔太郎《きりやしょうたろう》君」

「いえ、そうではありません。私《わたし》がここの部長ですから、この件《けん》に関しましては、私《わたし》から説明させてください。このQ部という名称《めいしょう》は、謎《なぞ》――すなわちクエスチョンのQであるということは、おわかりですよね？」

「ええ、わかっております」

「では、Q部が学校に届《とど》け出《で》てある、正式な名称《めいしょう》ではない、ということは？」

「知っています。ですが、君たちは実際《じっさい》に『Q部』を名乗っています」

「ニックネーム程度《ていど》のものと認識《にんしき》していただければと」

確《たし》かに「Q部」という名称《めいしょう》は、栞《しおり》が勝手に考えて、中等部の掲示板《けいじばん》に貼《は》っただけのものであった。それを翔太郎《しょうたろう》は説明しているのだ。だが、

「いえいえ、そうであっても、やはり私《わたし》は納得《なっとく》がいきませんな。私《わたし》にとっても思い入れのある名称《めいしょう》は『ミステリー研究部』です。そこで、私《わたし》は考えたのです。謎《なぞ》を解《と》くQ部であるならば、今から私《わたし》が出すクエスチョンに答えていただこう――それを見事に解《と》ければ、私《わたし》もQ部の名称《めいしょう》を認《みと》め、それから――今君たちの部室で留守番《るすばん》をしている、小さなQ部メンバーについても、正式加入を認《みと》めましょう。どうですか？」

学園長の言葉に、栞《しおり》、優也《ゆうや》、ユカリは息を飲んで顔を見合わせる――「小さなQ部メンバー」って……バロンのことがバレてる!?

動揺《どうよう》する栞《しおり》たちだが、翔太郎《しょうたろう》だけは微笑《ほほえ》んでいた。

「おもしろいですね。受けて立ちましょう」

「ちょっとぉ、翔太郎《しょうたろう》」と、あわてて栞《しおり》が横から口を出すが、翔太郎《しょうたろう》は聞いていない。学園長が出す謎《なぞ》の方に興味《きょうみ》がいってしまっているのだ。

「よろしい。ではみなさん、これより別室にご案内します。謎《なぞ》はそこで解《と》いていただきま

しょう」

大きなお腹《なか》を揺《ゆ》らして、学園長がゆっくりと立ち上がった。

案内されたのは隣《となり》の控《ひか》え室《しつ》のような空間で、入ったとたん、「何これ？」と栞《しおり》が真っ先に声をあげておどろいた。

壁際《かべぎわ》に三体、大きな銅像《どうぞう》が並《なら》んでいた。

しかも、どの像《ぞう》も胸《むね》から上の部分、その顔は……。

「これって、どれも学園長……ですか？」

Q部全員が頭に浮《う》かべていた疑問《ぎもん》を、栞《しおり》がストレートに口にする。

まるまると太った身体《からだ》つきは、胸《むね》から上の部分でも見てわかる。それに口ひげにメガネ。ツルツル頭のオジイサン。

「ホッホッホ」と学園長が笑う。

「よく似《に》ていますが、この三体の銅像《どうぞう》は、凪《なぎ》学園の歴代の学園長ですよ。左から私《わたし》の父である仙波忠明《せんばただあき》、祖父《そふ》の仙波忠吉《せんばただきち》、そして曾祖父《そうそふ》であり、凪《なぎ》学園の創設者《そうせつしゃ》でもある仙波忠衛《せんばただえ》門《もん》です」

へえええ――と一年生のユカリ、優也《ゆうや》が目を丸くする。明治時代に開校した凪《なぎ》学園は百年以上の歴史があると聞いている。その歴代学園長の銅像《どうぞう》が目の前にあるのだ。

「実は来月の周年式典で、この三体の銅像《どうぞう》をお披露目《ひろめ》することになりましてな。まだネームプレートはないのですが、最終確認《かくにん》のために、ここに運《はこ》び込《こ》んでもらったのです」

「確認《かくにん》するっていっても……え、あ、いやいや、なんでもないです」と、栞《しおり》が途中《とちゅう》で言葉を止めたが、優也《ゆうや》やユカリはそのあと何を言いたいかわかっていた。

――三体とも、今の学園長と同じ体型、同じ顔だってば……。

「三体とも同じだって言いたいのでしょう？　ホッホッホ……ではここで、本題に入りましょう。クエスチョンですぞ、Q部の諸君《しょくん》！」

学園長の宣言《せんげん》に、Q部の四人は身体《からだ》を固くする。

「三体のうち、ひとつがニセモノなのです。それを解《と》き明《あ》かしていただきたい」

「どれかが発泡《はっぽう》スチロール製《せい》とか？」

「竹ノ内優也《たけのうちゆうや》君、残念だがどれも正真正銘《しょうしんしょうめい》の銅像《どうぞう》です。さわって確《たし》かめてもいい」

そう言われて優也《ゆうや》は、三体の銅像《どうぞう》をコンコンと叩《たた》く。

「うん、確《たし》かにどれも銅像《どうぞう》です。じゃあニセモノって……？」

「今から私《わたし》が凪《なぎ》学園の歴史を話しますから、それをヒントにすると良いでしょう」

コクリ——と全員が顎《あご》をひく。

『学園長からの挑戦《ちょうせん》』に正解《せいかい》できなければ、「Q部」という名称《めいしょう》を取り上げられるだけでなく、バロンの件《けん》についても叱《しか》られるのだ。真剣《しんけん》にならないわけがない。

「まずは右の銅像《どうぞう》、曾祖父《そうそふ》の仙波忠衛門《せんばただえもん》です。生まれは江戸《えど》時代末期の安政《あんせい》七年——西暦《せいれき》だと何年かわかるかね？」

「一八六〇年——桜田門外《さくらだもんがい》の変があった年ですね」

「ほほう！　さすが部長の桐谷《きりや》君だ。成績《せいせき》も学年トップと聞いています」

学園長の褒《ほ》め言葉《ことば》を聞いても、翔太郎《しょうたろう》は冷静な表情《ひょうじょう》を崩《くず》さない。

「凪《なぎ》学園を創設《そうせつ》されたのは明治中ごろと聞いていますが」

「さよう。学者だった曾祖父《そうそふ》は明治政府《せいふ》に仕えていましたが、日本が世界に立ち向かうには学問が必要であると考え、風穏《おだ》やかなこの地に学校を開きました。風が止まる『凪《なぎ》』という言葉を学園の名称《めいしょう》にしたのは、このことからです」

　優也《ゆうや》とユカリは、学園長の言葉を聞《き》き漏《も》らさないよう、一生懸命《いっしょうけんめい》メモを取っている。栞《しおり》も授業《じゅぎょう》中より真剣《しんけん》な眼差《まなざ》しだ。翔太郎《しょうたろう》だけは、いつもと変わらない。

「さて、次に中央の銅像《どうぞう》は私《わたし》の祖父《そふ》である二代目の学園長、仙波忠吉《せんばただきち》です。生まれは明治二十三年、曾祖父《そうそふ》が三十歳《さい》のときに生まれました。ちなみに私《わたし》までの四代は、顔や身体《からだ》つきもソックリだが、もうひとつ共通することがありましてな。いずれも三十歳《さい》のときに、その息子《むすこ》が生まれている」

　そう説明するが、三体の銅像《どうぞう》と、目の前にいる学園長はどれも同じだ。ひとつがニセモノと言われても、実のところ、ぜんぶがニセモノなんじゃないかと思ってしまう。

「二代目学園長の仙波忠吉《せんばただきち》は、先代の志《こころざし》を継《つ》いで、世界と渡《わた》り合《あ》える人材を育てていったのです。君たちも知っているでしょう」

　そう言って学園長が挙げた人名は、有名な政治家《せいじか》や実業家のものだった。

「やっぱり、凪《なぎ》学園ってすごいんですねぇ」

　今さら感心しているユカリの言葉に、学園長は目を細める。

「そして最後が、私《わたし》の父である仙波忠明《せんばただあき》。大正九年生まれ。おわかりの通り、戦争に突《つ》き進《すす》んだ時代に育ち……日本は敗戦を迎《むか》えることになる。凪《なぎ》学園をはじめ地域《ちいき》の復興《ふっこう》に尽力《じんりょく》した人だったのですが、無理がたたって病気になり、私《わたし》が幼《おさな》いころに……」

「そうなんですか……」

栞《しおり》の声が、相手をいたわるトーンに変わる。

「そうやって、歴代の学園長さんががんばってくださったからこそ、今の凪《なぎ》学園があるんですね」

「その通り。それをわかってくれると、私《わたし》も、歴代の学園長もうれしい限《かぎ》りです」

――あれ？　と一年の優也《ゆうや》、ユカリは顔を見合わせている。ニセモノの銅像《どうぞう》を探《さが》しあてる謎解《なぞと》きだったはずが、いつの間にか凪《なぎ》学園の歴史を学ぶ授業《じゅぎょう》になっている、と。

「さて、Q部の諸君《しょくん》、以上が三体の銅像《どうぞう》の説明と、君たちが通う凪《なぎ》学園の歴史についてです。今までの私《わたし》の話から、この三体のうち、どれがニセモノであるか見破《みやぶ》ることができましたかな？」

この謎《なぞ》が君たちに解《と》けるか――と学園長は自信満々の顔だ。

うーん、と栞《しおり》は腕《うで》を組む。

「安政《あんせい》、明治、大正……ややこしいわね。こういうときは西暦《せいれき》に直して考えるのよ！」

「初代学園長が生まれた安政《あんせい》七年は一八六〇年って翔太郎先輩《しょうたろうせんぱい》が言ってましたよね」

メモを見ながらユカリが答える。優也《ゆうや》はスマートフォンを見ていた。

「ええと、二代目学園長が生まれた明治二十三年は……一八九〇年。三代目が生まれた大正九年は一九二〇年っすね」

「三十歳《さい》のときに子どもが生まれてるっていうのも本当みたいね。となると……つまり……うーん……翔太郎《しょうたろう》、どういうコトよぉ!?」

三人が、すがるような目で翔太郎《しょうたろう》を見た。すると、それまで無表情《むひょうじょう》だった翔太郎《しょうたろう》が、はじめてニッコリと笑ったのだ。

「わかりましたよ」

「ホッホッホ。では聞かせていただきましょうか。Q部の部長、桐谷翔太郎《きりやしょうたろう》君」

翔太郎《しょうたろう》は、三体の銅像《どうぞう》をゆっくりと眺《なが》める。

「まず言えるのは、これら三体、すべて本物です」

「えっ、翔太郎《しょうたろう》。アンタ何言ってんの？」

予想外の解答《かいとう》に、栞《しおり》がツッコミを入れる。

「栞《しおり》、人の話は最後まで聞け」

なだめるように翔太郎《しょうたろう》が言うと、学園長の方に身体《からだ》を向け直す。

「学園長、凪《なぎ》学園の開校から今日《こんにち》までの歴史を教えていただき、大変勉強になりました。あらためて、自分たちがここで学んでいることに自信と、誇《ほこ》りを持つことができました。ありがとうございます」

そう言って翔太郎《しょうたろう》は、ゆっくりと頭を下げる。

「さて、出題いただいた『ひとつだけニセモノ』という謎《なぞ》についてです。これら三体は、現在《げんざい》の学園長と顔も身体《からだ》つきもそっくりであると、最初に確認《かくにん》させていただきました。つまり、六十歳《さい》を越《こ》えておられる現学園長《げんがくえんちょう》を拝見《はいけん》しますに、どの銅像《どうぞう》も六十歳《さい》をすぎてからの姿《すがた》を参考に作られたものと考えられます。――ですが」

ピッ、と翔太郎《しょうたろう》は左にある三代目――現学園長《げんがくえんちょう》の父親である仙波忠明《せんばただあき》氏の銅像《どうぞう》を指さす。

「大正九年――すなわち一九二〇年にお生まれになった三代目学園長は、戦後の復興《ふっこう》に尽《じん》力《りょく》されたご苦労で、現学園長《げんがくえんちょう》が幼《おさな》いころに亡《な》くなられたと伺《うかが》いました。つまり、亡《な》くなったのは三十代だったはず――ですが、この銅像《どうぞう》は若《わか》くない」

翔太郎《しょうたろう》の言葉に、学園長はヒクッと眉《まゆ》を動かす。

「なので、この銅像《どうぞう》がニセモノです。いや、正しい言い方をするなら、本物の学園長の銅《どう》像《ぞう》ではあっても、三代目学園長の仙波忠明《せんばただあき》氏ではない。これは、四代目の学園長――あなたの銅像《どうぞう》ですね」

「ホッホッホ！　見事だ！　実に見事な謎解《なぞと》きだ！」

学園長は満足そうに笑うと、さらに奥《おく》の別の部屋から、台車に乗せた「三代目学園長、仙波忠明《せんばただあき》」の銅像《どうぞう》を運んできた。その銅像《どうぞう》の学園長は、若《わか》くて身体《からだ》が細く、髪《かみ》の毛《け》もフサフサだった。

「約束通り、Q部の名称《めいしょう》を認《みと》め、小さなメンバーについても不問にしましょう。ただし、正式名称《めいしょう》はミステリー研究部のままで残しておいてくださいよ」

こうしてQ部は、学園長直々《じきじき》に認《みと》められたのだ。

Q 06

警報《けいほう》

Q部所属《しょぞく》の一年生、木佐貫《きさぬき》ユカリのママは、そそっかしい。

傍目《はため》に見れば、その言動は楽しく見えるかもしれないが、当事者である家族にとっては、毎日が被害《ひがい》の連続である。

たとえば。ユカリのお弁当箱《べんとうばこ》は、県立高校に通う姉とお揃《そろ》いの「二段《だん》重ね」だ。ある日ユカリが学校で開けてみると二段《だん》とも「おかず」だった。自分は「おかず」なのでショックは薄《うす》かったが、二段《だん》とも「白いごはん」だった姉は、それを開けてどう思ったのだろう。

ほかにも。台所で料理をしているときにチャイムが鳴り、宅配便《たくはいびん》が来たとわかると、包丁を持ったまま玄関《げんかん》に行き、配達員さんをおどろかせたこと数回。

そして今回、ママの「そそっかしい伝説」に、新たな一ページが刻《きざ》まれる。

土曜日の午後。

午前中に授業《じゅぎょう》が終わり、帰宅《きたく》したユカリは、お腹《なか》を空《す》かせてリビングをのぞく。

「あらあ、お帰り」

テーブルにはカレーライスが用意されていた。娘《むすめ》に声をかけてはいるが、身体《からだ》はテレビを向いたまま――韓流《はんりゅう》ドラマのイケメン君に夢中《むちゅう》だ。

「手を洗《あら》って、着替《きが》えてから食べなさい」

「はあい」

ユカリは洗面所《せんめんじょ》で手を洗《あら》い、着替《きが》えをしようと二階の自室に行く。窓《まど》の外を見ると、雲ひとつない青空が広がっていた。ああ、今日もいい天気。と、そのとき、

「大変っ！　大変よ、ユカリ」

ドドド、階段《かいだん》を駆《か》け上《あ》がってくるママの声。

「え、何、どうしたの⁉」

「警報《けいほう》よ、警報《けいほう》‼」

ユカリの部屋のドアを開けると、サッシ戸を開けて、ベランダに干《ほ》してあった洗濯物《せんたくもの》を引ったくるようにして取《と》り込《こ》み始める。見ると、いつもより多くの洗濯物《せんたくもの》が干《ほ》されていた。

昨日《きのう》の朝から今朝《けさ》まで大雨で洗濯《せんたく》ができなかったから、まとめて洗《あら》って干《ほ》したのだろう。

「いったい何の警報《けいほう》なの、ママ」

「大雨、洪水《こうずい》、雷《かみなり》、竜巻《たつまき》の警報《けいほう》が出たのよ。ユカリ、あなたもボサッと立ってないで、早く手伝ってちょうだい」

ええぇ、とユカリは混乱《こんらん》する。空は青空だ。乾《かわ》いた心地《ここち》よい風が吹《ふ》き抜《ぬ》けているのに。

「何のんびりしてるのっ！　取《と》り込《こ》むの手伝って――」

「……ねえママ。その警報《けいほう》って、なんで知ったの」

「テレビに決まってるじゃないの。韓流《はんりゅう》ドラマを見ていたら速報《そくほう》で出たのよ。早くしないと、大雨、洪水《こうずい》、雷《かみなり》、竜巻《たつまき》がこの家にもやってくるわ」

「ねえママ……そのドラマって、昨日《きのう》録画したやつじゃないの？」

「あ」

イラストレーターをやっているユカリのママは、昨日《きのう》は仕事が忙《いそが》しくて大好きな韓流《はんりゅう》ドラマを見ることができず、録画していた。そう、ママが見ていた警報《けいほう》は「昨夜のもの」だったのだ。

Q 07

カンニングを見破《みやぶ》れ

「竹ノ内《たけのうち》君、ちょっといいかな」

Q部所属の一年生、竹ノ内優也《たけのうちゆうや》は、水曜五時間目のホームルームが終わった直後に、彼《かれ》のクラス担任《たんにん》である五十嵐《いがらし》先生に声をかけられた。

——自分は何かやらかしただろうか？

授業《じゅぎょう》が終わり、部活、帰宅《きたく》と、それぞれ次のスケジュールにクラスメイトが向かっていくなかで、優也《ゆうや》だけが教卓《きょうたく》の前に進むと、「君はQ部に所属《しょぞく》していると聞いたが」と、五十嵐《いがらし》先生は聞いてくる。

「はい、そうですが」

「今日もQ部は活動があるんだろう。ちょっと相談したいことがあるから、案内をしてもらえないかな」

先生じきじきにQ部を訪問《ほうもん》するなんて珍《めずら》しいことだ、と優也《ゆうや》は思った。警備員《けいびいん》の西《にし》さんがバロンの様子を見にくることはあるが、凪中《なぎちゅう》の先生が部室に、しかも依頼者《いらいしゃ》としてやってくるなんて、はじめてのことではないか。

書類の整理があるので、という五十嵐《いがらし》先生について一度職員室《しょくいんしつ》に寄《よ》ってから、優也《ゆうや》は先生をQ部の部室に案内する。

部室には、すでに優也《ゆうや》以外の部員たちがいた。

五十嵐《いがらし》先生の姿《すがた》を認《みと》めると、彼《かれ》らは目を見開いておどろいた顔をする。

「一年C組担任《たんにん》、社会科の五十嵐《いがらし》先生――ですよね。たしか優也《ゆうや》のクラスだと」

翔太郎《しょうたろう》が声を発する。

「その通りです。君が部長の二年、桐谷《きりや》君だね。噂《うわさ》は学園長から聞いているよ。木佐貫《きさぬき》さんが抱《かか》えている、そのネコのことも……大丈夫《だいじょうぶ》、そのままでいいから」

バロンを隠《かく》そうと、ユカリが抱《だ》き上《あ》げていたのを制止《せいし》する。先日、学園長の謎解《なぞと》きに成功したことで、バロンのことは先生たちにも連絡《れんらく》がいっていたようだ。

「その優也《ゆうや》の担任《たんにん》の先生が、アタシたちQ部に何のご用？　あ、アタシはQ部の副部長で」

「知ってるよ。二年A組の中崎栞《なかざきしおり》さん」

すかさず五十嵐《いがらし》先生が答える。

「みんなアタシのことを知ってるのね。有名人になったものだわ！」

栞《しおり》はよろこんでいるが、凪中《なぎちゅう》ではそこそこの有名人だから、先生でなくても知っている人も多いはずだった。

「竹ノ内《たけのうち》君を頼《たよ》ってここに伺《うかが》ったのは、ほかでもない。Q部の実力を見込《みこ》んで、解明《かいめい》してほしい謎《なぞ》があるんだ。ただし、ここだけの話としてほしい」

「謎解《なぞと》きの依頼《いらい》ね。どうぞどうぞ、こちらへお座《すわ》りください」

栞《しおり》が小さな鼻をプクッと膨《ふく》らませる。テンションが上がってきたときの栞《しおり》のクセのようなもので、おそらく、五十嵐《いがらし》先生の「Q部の実力を見込《みこ》んで」という言葉が栞《しおり》好みだったのだろう。

「で、どんな謎《なぞ》ですか？」

「なんでも話してくださいっ！」

五十嵐《いがらし》先生が椅子《いす》に座《すわ》るやいなや、ユカリと優也《ゆうや》が畳《たた》みかける。どうやら、「先生からの依頼《いらい》」にワクワクしているのは栞《しおり》だけではなかったようだ。

「私《わたし》が社会を担当《たんとう》しているのは、みんなも知っていると思う。その社会の授業《じゅぎょう》で、週に一度、小テストを行っているのは——ここでは竹《たけ》ノ《の》内《うち》君と、同じく一年の木《き》佐《さ》貫《ぬき》さんなら知っているよね」

「はい。四択《たく》式のかんたんなテストですよね。今日もありました」

ユカリが答える。

「その小テストなんだが、どうやら私《わたし》のクラスである一年C組で、組織的《そしきてき》な不正が行われている疑《うたが》いがある」

「ええっ」とおどろいたのは、そのC組にいる優也《ゆうや》だった。

「優也《ゆうや》……アンタもしかして、その不正に関わってるんじゃないでしょうね？　Q部のメンバーたるもの、そんな悪事に手を染《そ》めてたりしたら、副部長であるアタシが……」

「いやいや、中崎《なかざき》さん。竹《たけ》ノ《の》内《うち》君は大丈夫《だいじょうぶ》だ。なにせ今日のテストだって、正解《せいかい》は四割《わり》くらいだったので」

「えええっ」と優也《ゆうや》はまたもや反応《はんのう》してしまう。疑《うたが》いが晴れたのは喜ばしいことだが、この場で、小テストの得点を公表されるのも困《こま》ってしまう。

「なにアンタ、勉強苦手だったの!?」

「ほ、ほっといてくださいよ！　社会はちょっと苦手なだけで……」

「まあまあ、そのコトは置いておいて」

五十嵐《いがらし》先生が仲裁《ちゅうさい》に入るが、元はと言えばあなたがオレのテストの結果を言ったからでしょうと、優也《ゆうや》はややムッとする。

「不正は行われていると思うんだ。ただ、それがどうやって行われているのか、解明《かいめい》できず悩《なや》んでいてね……」

先生は肩《かた》を落とす。相当困《こま》っているようだ。

「優也《ゆうや》は何か気づかなかったの？」

ユカリがそっと尋《たず》ねる。

「う～ん、今日も社会の小テストがあったけど……、教室内は静かだったし、答えを教えることなんてできるのかなぁ」

あの空間でどんな不正が行われているのか、優也《ゆうや》には見当もつかない。

「状況《じょうきょう》を整理すると……①社会の授業《じゅぎょう》では週に一度、小テストを行っている。②かんたんな確認《かくにん》テストで、四択《たく》問題。③そこで不正——つまりカンニングが行われているわけね」

先生の前に座《すわ》った栞《しおり》が、身を乗り出すようにして食いついている。

「でも、カンニングであったかどうかの、確証《かくしょう》がないんだよ」

「と言いますと?」

「確証《かくしょう》がない」という五十嵐《いがらし》先生の言葉に、はじめて翔太郎《しょうたろう》が反応《はんのう》した。

「四十名のC組のうち、四名の男子生徒の解答《かいとう》がまったく同じなんだ。間違《まちが》えている部分を含《ふく》めて、全二十題の解答《かいとう》がね」

そう言って、先生は手にしたファイルから解答《かいとう》用紙のコピーを数枚《すうまい》、机《つくえ》の上に置く。名前の部分が黒く塗《ぬ》りつぶされているのは、生徒への配慮《はいりょ》だろう。

「ホントだわ。これも、これも、これも……正解《せいかい》のところと、不正解《ふせいかい》のところが、みんな同じになってる」

「ですが先生」

横から翔太郎《しょうたろう》の声。

「ちゃんと勉強していれば、誰《だれ》だって正解《せいかい》を選べるのでは？　それがテストというものなんですから」

「でも翔太郎《しょうたろう》、アンタも見てごらんなさいよ。第二問と第七問、それと第十三問も、示《しめ》し合《あ》わせたかのように同じ間違《まちが》い——すべて『3』になってるわ」

「なるほど。でも、ひっかけ問題なら、同じような誤答《ごとう》をする生徒がいてもおかしくないだろう」

「私《わたし》も、最初はそう思っていたよ」

「最初は……ってことは、今回がはじめてじゃないんですか!?」

おどろいた栞《しおり》の声が、やや高くなる。

「実は、四人の解答《かいとう》がまったく同じという現象《げんしょう》は、今日で五回目なんだ」

ふむ——と考える空気が、部室に流れる。

「だとすると、やはりこれはカンニングの可能性《かのうせい》が高いですね」

「そうだろう桐谷《きりや》君。だけどね、これがまたやっかいな話なんだが、答えが同じだった四人の男子生徒は、座席《ざせき》がそれぞれ離《はな》れているんだよ」

「どのくらい離《はな》れてるんですか？」

「ひとりは教壇《きょうだん》のすぐ前、もうひとりは廊下側《ろうかがわ》の前から四番目、あとは最後列の窓際《まどぎわ》と、まん中あたり」

「同じ答えを出しているのに、おたがいの答えを見ることができない場所にいると」

「その通り」

先生の話を聞いて、優也《ゆうや》は、席の位置だけで犯人《はんにん》グループを特定できていた。いつも一緒《いっしょ》につるんでいる四人組で、掃除《そうじ》をサボったり、休み時間中に悪ふざけしてクラスメイトからも迷惑《めいわく》がられている連中だ。アイツらなら、やりかねない。でも、どうやって？

「なるほどぉ、謎《なぞ》は解《と》けたわよ」

栞《しおり》が腰《こし》に手を当てて立ち上がる。

「先生は同じ日に、ほかのクラスでも小テストをされてますよね」

「確《たし》かに、C組の前は木佐貫《きさぬき》さんのA組でした」

「であれば、休み時間中にA組のテスト情報《じょうほう》を入手して、その四人は四択解答《たくかいとう》の数字だけを丸暗記して、自分たちのテストに臨《のぞ》んだのよ。A組にも共犯者《きょうはんしゃ》がいる」

「うーん。残念ですが、私《わたし》は四択《たく》の順番を四クラスのテストで入《い》れ替《か》えているんです。A組の第一問の正解《せいかい》が『1』なら、C組のときには『2』になるといった具合に」

「そ、そうなんですかぁ」と、おどろいた声をあげたのはユカリだった。

「なので、カンニングはC組のテスト中に行われていると考えられます」

「だったら先生、この推理《すいり》はどうかしら？　四人の中で社会が得意なひとりが、あとの三人に向けて……こう」

栞《しおり》は手を上げて、指を立てる。一本、二本、三本……。

「ひとりが無言で指サインを出すことで、ほかの三人に正解《せいかい》の番号を教えている」

「なるほど、ひとりが何らかのサインを出しているというのは私《わたし》もそう思っています。ですが、この四人の中で社会が一番得意なのは、窓際《まどぎわ》最後列の生徒なんです……と言ってしまうと、もう竹ノ内《たけのうち》君には誰《だれ》だかわかってしまいましたよね。なので、この話はくれぐれも内緒《ないしょ》でお願いしますよ」

「サインもダメなのぉ」

栞《しおり》が頭を抱《かか》える。一番後ろが指サインを出しても、教壇《きょうだん》前の生徒が振《ふ》り向《む》くワケにはいかないのだ。

「栞《しおり》、よく考えてみろよ。指でサインを送っていたら、その様子は先生からも、ほかの生徒からも丸見えじゃないか」と翔太郎《しょうたろう》が指摘《してき》する。

「そりゃそうだけど。だったらもう、声で教えること以外に方法がないじゃない」

「だなあ……で、優也《ゆうや》」

翔太郎《しょうたろう》は、優也《ゆうや》を見る。

「お前は一年C組の、どこら辺に座《すわ》ってるんだ」

「オレは、廊下《ろうか》から二列目、前から三番目っす。でもオレの席から見える範囲《はんい》では、テスト中に変な事してるやつなんていなかったっすよ」

優也《ゆうや》は、五十嵐《いがらし》先生と目を合わせ、おたがいに首をひねる。そうなのだ。いつものように授業《じゅぎょう》があって、最初に小テストがあって……。おかしな事なんて、何ひとつなかった。

「覚えがないか。だったら窓際《まどぎわ》最後列にいる男子生徒が、社会の小テストの間だけ、またはその日だけ、いつもと様子が違《ちが》うってことはないか？」

「うーん……」と優也《ゆうや》は記憶《きおく》の糸をたぐる。

窓際《まどぎわ》最後列のあいつは、クラスの中でも比較的成績《ひかくてきせいせき》がよかった。やつがカンニングの中心人物であると、翔太郎《しょうたろう》は考えているようだ。

「あ」

優也《ゆうや》は、その人物の今日の姿《すがた》を思い出す。

「思い出しました。そいつ、風邪《かぜ》を引いたって、マスクをしてました」

「そんなの、ますます無関係じゃないの。風邪《かぜ》なんか引いたら声が出せないし」

ツッコミを入れる栞《しおり》に、「いや、そうでもない」と翔太郎《しょうたろう》が返す。

「五十嵐《いがらし》先生は、その彼《かれ》がマスクをしていたことを覚えていらっしゃいますか」

「ああ、確《たし》かしていたと思う」

「そうですか……ちなみに、その前の週の小テストでは」

「うーん、先週のことまではちょっと」

「きっと、来週もマスクをしてくるはずです。だとしたら、謎《なぞ》は解《と》けますよ」

翔太郎《しょうたろう》がニッコリと笑う。

「何よ、翔太郎《しょうたろう》。アンタの推理《すいり》を早く聞かせなさいよ」

「あせるなよ、栞《しおり》。ここは謎《なぞ》を解明《かいめい》するQ部だ。オレひとりだけで解明《かいめい》してもおもしろくないから、この謎《なぞ》は来週のテストのときまでに、それぞれが考えてくる宿題にしよう。けれど五十嵐《いがらし》先生にはカンニング防止《ぼうし》の策《さく》をとっていただかないと」

そう言って、翔太郎《しょうたろう》は五十嵐《いがらし》先生に「ふたつの策《さく》」を伝授《でんじゅ》した。

ひとつ目は、主犯格《しゅはんかく》である窓際《まどぎわ》最後列の生徒にだけ、ほかのクラスで行った「正解番号《せいかいばんごう》が異《こと》なる問題」をやらせること。

「窓際《まどぎわ》の列から、先生がひとりずつテストを渡《わた》していけば、彼《かれ》らも異変《いへん》には気づかないでしょう。それで残り三人のテストが惨敗《ざんぱい》となれば、こちらの勝利です」

ふたつ目はテスト後、主犯格《しゅはんかく》の生徒に、こう言ってやることだった。

「君は、小テストの日にだけ、いつもマスクをしているね」

これで彼《かれ》は、先生にカンニングを見破《みやぶ》られたとわかり、二度としなくなる、と。

それにしても、と優也《ゆうや》は思う。

主犯格《しゅはんかく》がテストの日にマスクをしていることと、四人全員が同じ四択《たく》の解答《かいとう》であることに、どんな繋《つな》がりがあるというのだろう。Q部の部長、桐谷翔太郎《きりやしょうたろう》は、それを部員たちへの宿題としたが、その時点では誰《だれ》も謎《なぞ》が解《と》けないでいた。

翌週《よくしゅう》の社会の小テスト。

優也《ゆうや》はおどろいていた。休み時間まではなんともなかった窓際《まどぎわ》最後列のアイツが、社会の授業《じゅぎょう》になったとたんに、翔太郎《しょうたろう》の予言通りマスクをつけていたのだ。

始業チャイムが鳴り、教室に入ってきた五十嵐《いがらし》先生もそれに気づいた。一瞬《いっしゅん》だけ目を丸くしておどろいた顔を見せたが、優也《ゆうや》と目を合わせ、おたがい軽くうなずく。

「では、小テストを行います」

そう言って先生は、いつもと違《ちが》って窓際《まどぎわ》の列から、ひとりずつ、手渡《てわた》しで小テストの用紙を配り始める。いつもと違《ちが》う手順にC組の生徒たちが「なんでわざわざ先生が配るんですか?」と騒《さわ》ぎ出すと「たまにはいいだろう。気分転換《てんかん》だよ、気分転換《てんかん》」と、先生は笑って答える。

本当は気分転換《てんかん》でもなんでもなく、窓際《まどぎわ》最後列にいる主犯格《しゅはんかく》にだけ違《ちが》うテスト用紙を渡《わた》すことが目的だということは、先生と優也《ゆうや》しか知らない。

「始め！」の合図と共に、裏《うら》にしていたテスト用紙をひっくり返す音が響《ひび》く。

――コホン。

――コホン、コホン、コホン。

――コホン、コホン。

断続的《だんぞくてき》に聞こえてきたのは、マスクをしているアイツの「咳《せき》」だ。

わかったああ！　と優也《ゆうや》はテスト用紙を前にして叫《さけ》びたくなる。前を見ると、五十嵐《いがらし》先生も大きくうなずいていた。

「咳《せき》の回数」で仲間に答えを伝えていたんだ。

第一問は「コホン」一回だから「1」。第二問は「コホン、コホン、コホン」だから「3」であると伝えている。残念ながら君だけ違《ちが》うテスト用紙だから、いつも通りにはいかないけどね。

すべてがわかった優也《ゆうや》は、晴れ晴れとした気持ちになっていた。

苦手な小テストの答えは、相変わらず、わからなかったけれど。

Q 08

手術《しゅじゅつ》

土曜日の午後、中崎亮《なかざきりょう》は病院の待合室にいた。

「ああもう、大きな病院って、どうしてこんなに待たせるのよ」

隣《となり》に座《すわ》っていた姉の栞《しおり》が、いらだたしげに壁《かべ》のモニターをにらんでいる。そこに自分たちが手にしているカード番号が表示《ひょうじ》されるはずなのだが、なかなか順番がこない。

「しょうがないよ、お姉ちゃん。こんなに患者《かんじゃ》さんがいるんだから」

「だからってねえ、もう三十分以上もここで待っているのよ。アタシは一分一秒を大切にして生きているんだから、無駄《むだ》な時間をすごしたくないの」

まったくもって自己《じこ》中心的な発言だが、姉の気持ちもわからなくはない。

昼前、一緒《いっしょ》に住んでいる祖母《そぼ》が玄関《げんかん》で靴《くつ》をはこうとしてバランスを崩《くず》し、転んでしまった。腰《こし》を痛《いた》めてしまったらしく、立ち上がれない。

亮《りょう》たちはあわてて救急車を呼《よ》ぼうとしたが、「そこまでしなくてもいい」と祖母《そぼ》本人に言われたので父の車で病院に向かうことになった。

幸いにして診察《しんさつ》や検査《けんさ》を受けるころには徐々《じょじょ》に痛《いた》みが引いてきたようで、立って歩けるようになっていた。念のため後日あらためて精密検査《せいみつけんさ》を受けることになり、今日のところは湿布《しっぷ》だけ出してもらうことになった。そこまではよかった。

診察《しんさつ》や検査《けんさ》ですっかり疲《つか》れてしまった祖母《そぼ》が「早く家で横になりたい」と言い出したので、両親は先に祖母《そぼ》を家へ連れて帰り、会計と湿布《しっぷ》の受けとりを亮《りょう》たちが担当《たんとう》することになった。

残った栞《しおり》は「なんでアタシたちが」とグチっている。午後、友だちと遊ぶ約束があったらしい。さすがに『祖母《そぼ》のケガ』という非常事態《ひじょうじたい》であることはわかっているのか、祖母《そぼ》にはもちろん、両親に面と向かって文句《もんく》を言うことはなかった。その代わり……弟である自分がそれをずっと聞かされている。

「でもさあ、お姉ちゃん、おばあちゃん無事でよかったよね」

「それはそうよ。痛《いた》くて立てないって言ったときはヒヤヒヤしたもの……ねえ、亮《りょう》」

栞《しおり》は何かに気がついたようで、ピッと指をさす。

「あそこにいる小さな男の子、さっきからずっとひとりで座《すわ》ってない？」

広い待合室の壁際《かべぎわ》、きれいなヒマワリ畑の絵が壁《かべ》に飾《かざ》られている下で、五歳《さい》くらいの男の子がひとり、絵本を読んでいる。

「確《たし》かアタシたちが病院に入ってきたときも、あの子はあそこに座《すわ》っていたわ――ということは、もう二時間近くあそこにいるはずよ」

我《わ》が姉ながら、この観察力はすごいなあ、と亮《りょう》は感心していた。一緒《いっしょ》に通っている凪《なぎ》学園。その中等部にいる姉が作った、Q部での活動の成果かもしれない。

「あんな小さな子が、ひとりで病院の待合室に二時間もいるなんて変だわ」

栞《しおり》はバッと立ち上がり、男の子の方に向かって歩いていく。亮《りょう》もあわてて姉のあとを追う。まったくもうウチのお姉ちゃんってば、思い立ったらすぐに行動に出るんだから……。

周囲は振《ふ》り回《まわ》されっぱなしだよ。

「ねえキミ、さっきからここで、ずっと本を読んでいるよね」

栞《しおり》は男の子のいる場所に着くと、かがんで目線を同じくした。

「うん、そうだよ」

「お父さんとか、お母さんとか、おウチの人はいないのかな……あのね、お姉ちゃん、キミがずっとひとりで座《すわ》っているから心配になったの」

突然《とつぜん》話しかけてきた栞《しおり》に、男の子は最初こそ不安げな顔をしていたが、相手があやしい人ではないとわかるとニッコリ笑った。

「ボクのお父さんはね、今日手術《しゅじゅつ》をするんだよ。だからボクはここで待ってるの」

「しゅ、手術《しゅじゅつ》？」

栞《しおり》の声が裏返《うらがえ》る。

「じゃ、お母さんは？」

「お母さんはね、赤ちゃんが生まれたばかりだから、おうちにいるよ」

予想外の返答に栞《しおり》は言葉が出てこない。

それは亮《りょう》も同じだった。小学五年生の自分よりもずっと下の、幼稚園児《ようちえんじ》らしい男の子がひとり、お父さんの手術《しゅじゅつ》が終わるのを待っている。父親はいったいどんな病気……あるいはどんな怪我《けが》で手術《しゅじゅつ》をしているのだろう。母親以外にこの子に付《つ》き添《そ》える家族はいないのだろうか。この子の、いや、この子たち家族には、今後どんな運命が待ち受けているのだろうか……考え出したらキリがない。

「がんばってね」

結局、そんな言葉しかかけてあげられず、栞《しおり》と亮《りょう》は元の席に戻《もど》った。

その後、番号が表示《ひょうじ》されて役目を果たし、病院をあとにしてからも、亮《りょう》が考えていたのはあの男の子のことだった。

一週間後、栞《しおり》と亮《りょう》は病院で再《ふたた》び男の子を見る。

精密検査《せいみつけんさ》をする祖母《そぼ》に付《つ》き添《そ》って病院に入ると、あの男の子が、以前と同じ場所に座《すわ》って絵本を読んでいた。

気がついた亮《りょう》が「あ」と声をあげる。男の子も顔を上げる。亮《りょう》と栞《しおり》のことを覚えていたようでニッコリと笑った。

「お父さんは?」と、栞《しおり》が声をかける。

「今日も、手術《しゅじゅつ》だから、ボクはここで待ってるんだ」

「え、今日もぉ!?」

どういうことだ。先日の手術《しゅじゅつ》が上手《うま》くいかなくて、再手術《さいしゅじゅつ》になってしまったのか?

そこへ「ケンタ、またそこで待ってたのか」と大人の男の声が近づいてくる。

「お父さーん!」

声の主に向かって、男の子が駆《か》け出《だ》し、バッと抱《だ》きついた。

「え、え、えええ?」

亮《りょう》は、もはや理解不能《りかいふのう》となって混乱《こんらん》している。栞《しおり》も同じだ。そんなふたりに向かって、男の子はうれしそうな顔で話し始める。

「ボクのお父さんは、この病院でお医者さんをしてるんだ。ナースセンターで待ってろって言われてたけど、こっちの方が広いからね」

男の子のお父さんは、手術《しゅじゅつ》をする側――つまり、医者だったのだ。

Q 09

ジェームス

月曜日の朝。突然《とつぜん》の来訪者《らいほうしゃ》に、翔太郎《しょうたろう》と栞《しおり》がいる二年A組はザワザワしている。

「はい、みんな静かに。静かに」

担任《たんにん》の小暮《こぐれ》先生は五十代の男性教師《だんせいきょうし》。担当《たんとう》は国語である。その先生の横に立っている人物にクラス全員の視線《しせん》が集まっている。フンワリとした茶髪《ちゃぱつ》、色白の顔は緊張《きんちょう》のためか赤らんで見える。鼻のまわりには、そばかすが目立つ。

「彼《かれ》は今日から三日間、このクラスで日本の授業《じゅぎょう》を体験してもらうことになった、ジェームス・ヒデオ・ワーナー君だ」

「ヨロシク、オネガイ、シマス」

たどたどしい片言《かたこと》の日本語。ということは、ほとんど話せないのだろう。

「小暮《こぐれ》先生!」と、手を挙げたのは中崎栞《なかざきしおり》だ。

「どうして彼《かれ》がこのクラスに来ることになったんですか。それと、ミドルネームがヒデオってことは、日本にゆかりがあるんですか」

「はいはい。そのことは今から説明します」

小暮《こぐれ》先生曰《いわ》く、凪《なぎ》学園のOGだったジェームスの母親が、卒業後アメリカに渡《わた》り、現地《げんち》の男性《だんせい》と結婚《けっこん》、生まれたのがジェームスだった。だから「ヒデオ」という日本風のミドルネームがつけられた。

今回、十数年ぶりに帰国することになった母に連れられる形で、息子《むすこ》ジェームスも初来日。この機会に自分の母校である凪《なぎ》学園で「日本の授業《じゅぎょう》」を体験させてあげたい、という母親の願いを学校が受け入れたとのこと。

ジェームスは来月十四歳《さい》になる。ということは日本では中学二年に相当するわけで、学年主任《しゅにん》の小暮《こぐれ》先生がいるこの二年A組に入ることになった。

「みんなもわかったと思うが、日本語はお母さんから習ったあいさつ程度《ていど》しかできないんだ。ずっと英語で生活してきたのでね」

「授業《じゅぎょう》は大丈夫《だいじょうぶ》なんですか」と、また栞《しおり》。

「ジェームス君のお母さんからは『いつも通りの授業《じゅぎょう》をしてほしい』ということだから、ジェームス君は大変かもしれないけど……君たちは英語を勉強しているのだから、コミュニケーションはとれるだろう。三日間という短い期間だが、習った英語を駆使《くし》して彼《かれ》を世話してやってくれ。……とまあ、私《わたし》だけが話してもつまらないだろう。ジェームス君に自《じ》己紹介《こしょうかい》をしてもらおうかね。セルフ・イントロデュース」

小暮《こぐれ》先生が片言《かたこと》の英語で言うと、「はい」とジェームスは答えるが、ちょっとまごついている。

「あ、イングリッシュ、オーケーだよ」

「Really《リアリィ》?(本当?)」

英語でいい、と先生から許可《きょか》をもらったジェームスは、パアッと表情《ひょうじょう》を明るくさせて、生徒たちの方へ向き直った。

「Hello《ヘロウ》, everybody《エブリバディ》. My《マイ》 name《ネーム》 is《イズ》……(こんにちは、みなさん。私は……)」

わあああ。おどろきと動揺《どうよう》の混《ま》ざった空気が、教室に広がる。英語は必修《ひっしゅう》科目《かもく》だから、ぜんぜんわからないわけでもない。それにネイティブスピーカーの発音だって、週に一回はオーストラリア人のケネディ先生がやってきて話してくれるから抵抗《ていこう》はなかった。

だがどうだろう。いざ自分たちと同い年の、アメリカからやって来た彼《かれ》が、流れるような速さで英語を話し始めると、半分も聞き取れない。ケネディ先生は英語の教師《きょうし》として、生徒にわかるようにゆっくりと、一音一音しっかりと発音してくれていたのだろう。目の前のジェームスはというと、いわゆるアメリカン・イングリッシュだから前後の言葉が繋《つな》がって発音されるため、聞き取りにくい部分が多い。

仲良くしたいけれど、ちょっと大変かもしれないな、とクラスの誰《だれ》もが思っていた。


休み時間、クラスメイトたちは歓迎《かんげい》を表すべく、ジェームスを取り囲んで自己紹介《じこしょうかい》を始めた。ほかのクラスの生徒たちが教室の入口からのぞいている。

「マイネームイズ、シオリ・ナカザキ。アイアム、オンザ、クエスチョンチーム……ってこれでアタシがQ部にいるって理解《りかい》できるのかしら?」

「クエスチョン?」ジェームスは頭に「?」の浮《う》かんだような顔。

「そうそう、クエスチョン。クエスチョンはね、このスクールのミステリーよ」

「オー、ミステリー。アイ、ラヴィット」

「ラビット？　ウサギじゃないわよ。ミステリーは」

「LOVE　IT……自分もミステリーが好きだって言ってるんだよ」

栞《しおり》とジェームスの、とんちんかんなやりとりに、翔太郎《しょうたろう》は吹《ふ》き出《だ》しそうになる。

「うるさいわね、翔太郎《しょうたろう》は。アタシは今、立派《りっぱ》に国際《こくさい》交流をしてるんだから、横から余計《よけい》な口出しをしないでよね。……それでねえ、ジェームス、アンタはアメリカの、何州からきたのよ」

国際《こくさい》交流と口にしているが、栞《しおり》が発しているのは日本語だ。溜息《ためいき》をつきながらも翔太郎《しょうたろう》が助け船を出す。

「What《ワット》 state《ステイト》 are《アー》 you《ユー》 from《フローム》？（何州の出身ですか？）」

オオオオ、と周囲から声があがる。翔太郎《しょうたろう》の英語力におどろいているようだ。

「ニュージャージー、デス」とジェームスが日本語を交えて即答《そくとう》。

「それってどこよ？」

「ニューヨークの隣《となり》だな」

「はああ、翔太郎《しょうたろう》。アンタって国際人《こくさいじん》だったのねえ！」

感心して栞《しおり》が言い放つと、クラスメイトたちはアハハと笑った。何を笑っているのかわからないジェームスも「アハハハ」と合わせて笑っている。

次の授業《じゅぎょう》が始まるまでジェームスは質問攻《しつもんぜ》めにあった。好きな食べものはハンバーガー。スポーツはバスケットボールが好きで、趣味《しゅみ》は日本のアニメを見ること。日本の中学生と似《に》ているところが多かった。

「苦手なもの」も世界共通だと、栞《しおり》は思った。

「コックローチ、コックローチ、ダメ、ダメ」

ブルブルブルと、ジェームスは両腕《りょううで》をさする。

「コックローチって、どんな食べもの？」

そう言ったのは「天然の前田《まえだ》」と呼《よ》ばれる男子だ。

「前田《まえだ》ぁ、食べものじゃないってば。本当に天然ね、アンタ」

意味を知っている栞《しおり》が、すかさず前田《まえだ》にツッコミを入れる。

「ゴキブリのことよ。ゴ、キ、ブ、リ！」

ヒャーと前田《まえだ》が叫《さけ》ぶと、みんなが大爆笑《だいばくしょう》する。意味をわかっていないはずのジェームスも大笑いしていた。こうして二年A組に超短期留学《ちょうたんきりゅうがく》してきたジェームスは、あっという間にクラスメイトと打《う》ち解《と》けて、仲間に入っていったのである。

だが、その日、ちょっとした事件《じけん》が起こる。

凪中《なぎちゅう》では昼休みの間に教室の掃除《そうじ》をすることになっている。

昼食の時間が終わるころ、小暮《こぐれ》先生が教室にやってきて「今日の掃除《そうじ》当番は誰《だれ》だ」と問いかけた。それに前田《まえだ》、大藪《おおやぶ》、西野《にしの》という三人の男子が手を挙げる。

「アメリカの学校には、生徒が掃除《そうじ》をする習慣《しゅうかん》がないそうだから――今日だけな」

そう言って先生は、この日の掃除《そうじ》当番にジェームスを入れるよう命じた。

そして、昼の休み時間。

A組の教室には、掃除《そうじ》当番の三人とジェームスが残っている。

「あああ、めんどう」

前田《まえだ》、大藪《おおやぶ》、西野《にしの》の三人が口を揃《そろ》えて掃除《そうじ》の面倒《めんどう》くささを嘆《なげ》く。普段《ふだん》から仲のいいこの三人は、示《しめ》し合《あ》わせて掃除《そうじ》当番をサボろうと考えていたのだ。けれど、ジェームスの出現《しゅつげん》で、計画は狂《くる》ってしまった。

「メンドウ、何デスカ？」

すかさずジェームスが質問《しつもん》してくる。三人は顔を見合わせた。

「ええとねえ」と前田《まえだ》が考える。

「めんどう、はね。掃除《そうじ》――クリーンが、ハードなわけよ」

「まてよ……前田《まえだ》」

妙案《みょうあん》を思いついた大藪《おおやぶ》がニヤリとする。短髪《たんぱつ》の彼《かれ》の笑顔《えがお》は、ちょっとしたワル顔だ。

「こいつ日本語がほとんど理解《りかい》できないんだろ。だとしたら日本の掃除《そうじ》はちょっとしかやらないものだ――と教えればいいんだよ」

「おっ、お前、頭いいな！」

前田《まえだ》と西野《にしの》も賛同《さんどう》する。

大藪《おおやぶ》は周囲に第三者がいないのを確認《かくにん》してから、ジェームスに話しかける。

「ジェームス。ジャパンのクリーンは、リトルね」

「リトル。ワカリマシタ」

掃除《そうじ》はちょっとだけでいい、ということは伝わったようだ。

ジェームスと三人は、本来ならほうきで教室内のゴミを掃《は》くべきところを、目立ったゴミを手で広い集めるだけの「リトルクリーン」で済《す》ませてしまう。

「オッケーオッケー、フィニッシュだよ、ジェームス」

そう言って大藪《おおやぶ》たち三人は、グラウンドに遊びに出ていった。

作戦は成功したかのように思われたが……帰りのホームルームで前田《まえだ》、大藪《おおやぶ》、西野《にしの》の三人は、小暮《こぐれ》先生に怒《おこ》られることになる。

「掃除《そうじ》をほとんどしなかっただろう」

「いえ、そんなことは」

あわてて否定《ひてい》する大藪《おおやぶ》に、先生は容赦《ようしゃ》ない。

「ジェームスに『日本の掃除《そうじ》はちょっとだけでいい』と教えて掃除《そうじ》をサボったでしょう。今、正直にそれを認《みと》めれば、放課後の掃除《そうじ》だけで許《ゆる》します。だが、まだシラを切るつもりなら、今週も来週もずっと当番をやってもらいますが……」

「…………」

先生はすべてお見通しのようで、三人は降参《こうさん》するほかなかった。

だが一方で、疑問《ぎもん》が湧《わ》き上《あ》がる。日本語も、日本の掃除習慣《そうじしゅうかん》もよく知らないジェームスは、大藪《おおやぶ》たちが教えた日本式の掃除《そうじ》「リトルクリーン」を信じているはずだ。

また、小暮《こぐれ》先生の英語力では、彼《かれ》に掃除《そうじ》の詳細《しょうさい》が聞けるとは思えない。

つまり、自分たちがジェームスを騙《だま》していた場面を、ほかの誰《だれ》かが見ていて先生に密告《みっこく》したということだ。だが、大藪《おおやぶ》はあのとき、教室はもちろん、廊下《ろうか》にクラスメイトがいないかも確認《かくにん》している。それなのに、なぜ？

ホームルームが終わり、教室には居残《いのこ》りで掃除《そうじ》をすることになった三人と、ジェームスが残っていた。

「なあ、前田《まえだ》、西野《にしの》」主犯格《しゅはんかく》の大藪《おおやぶ》が、ふたりを睨《にら》みつける。

「お前らのどっちかが、先生にチクったんだろ」

「そんなコト、してねえって」と西野《にしの》が首を振《ふ》る。長い彼《かれ》の髪《かみ》が大きく揺《ゆ》れた。

「お前が正直に申告《しんこく》したんじゃないか？」と逆《ぎゃく》に前田《まえだ》が大藪《おおやぶ》を疑《うたが》う。

「そんなワケねえだろ！」

険悪《けんあく》な雰囲気《ふんいき》になっているところに、忘《わす》れものを取りにきたのだろうか、Q部の部長である桐谷翔太郎《きりやしょうたろう》が教室に戻《もど》ってきた。

「ん、お前らどうした？」

「桐谷《きりや》……ちょうどいい、ちょっと聞いてくれるか」

大藪《おおやぶ》は翔太郎《しょうたろう》に、昼休みから今まで起こった出来事を詳細《しょうさい》に話した。

「ああ、そのことなら、オレの中で謎《なぞ》はもう解《と》けてる」

「ええっ、どういうコトだよ。教えてくれよぉ」

おどろいた前田《まえだ》が、翔太郎《しょうたろう》に歩《あゆ》み寄《よ》る。

「じゃあ、どういうことか、説明してやろう。まずその前に、お前らがちゃんと掃除《そうじ》しなかったために、教室が大変なことになっている」

「……どういうコト？」

三人は教室をキョロキョロと見回し、不思議そうな顔をしている。ジェームスはというと、彼《かれ》らの会話がわからないらしく、キョトンとしていた。

「そもそも、なぜ掃除《そうじ》をしなければならないのか。それは教室を清潔《せいけつ》に保《たも》つためであり、あの不快なヤツをここに来させないためなんだよ」

「不快《ふかい》なヤツって？」

「前田《まえだ》よ。お前が今日ジェームスと話したことを忘《わす》れたのか？　ジェームスが最も苦手としている、黒くて素早《すばや》く動くアイツだ。ちゃんと掃除《そうじ》をしなかったから、そいつが今、オレたちに近づいてきて……ジェームス、お前の背中《せなか》についてる！」

「ヒャアアアア、ゴ、ゴキブリ、ゴキブリ！　嫌《いや》だぁ！　助けてぇ！」

いきなりジェームスが日本語で叫《さけ》び、背中《せなか》を必死に払《はら》っている。

「……どういうコト？」

三人は、パニックになっているジェームスを、目を丸くして見ている。翔太郎《しょうたろう》はというと「アハハ、ウソだよ」と笑っていた。

「オレは今、ゴキブリという言葉は使わなかったよな。それに『背中《せなか》についてる』という日本語がわかったから、必死に背中《せなか》を払《はら》った。つまりジェームス、君は『日本語がわからないフリ』を、今朝《けさ》からずっとしていたんだよな」

「……ああ、そうだよ。よく見破《みやぶ》ったな」

なんと、ジェームスが流暢《りゅうちょう》な日本語で話し始めたではないか。

「君がみんなの話に反応《はんのう》する速度が速すぎると思ったんだ。ああ、これは先生に頼《たの》まれて『日本語がわからないフリ』をしてるんだなと。おおかた、この機会を使って、生徒たちに英語でコミュニケーションをとらせるのが先生の目的なんだろ」

「その通りだよ。桐谷《きりや》って言ったな。お前、すごいな」

日本語がわからないフリをしていたのは、翔太郎《しょうたろう》の言った通り、先生から頼《たの》まれていたためだった。日本人の母親に育てられたジェームスは、英語はもちろん、日本語も堪能《たんのう》なバイリンガルだった。

「ああ、そうか」と大藪《おおやぶ》は合点《がてん》のいった顔をする。

「オレたちが掃除《そうじ》をサボろうとして、ジェームスを騙《だま》そうとした――その日本語をすべて理解《りかい》していたってコトか……騙《だま》したつもりが逆《ぎゃく》に騙《だま》されたたな」

「そこはおたがい様。オレだって、ゴキブリがついてるなんて言われてパニクったじゃんか」

アハハハ。放課後の教室に、男子生徒の笑い声が響《ひび》いた。

Q10 蛙《かえる》の子は

再《ふた》び紹介《しょうかい》するが、Ｑ部所属《しょぞく》の一年生、木佐貫《きさぬき》ユカリのママは、そそっかしい。たとえば先日は、快晴《かいせい》にもかかわらずあわてて洗濯物《せんたくもの》を取《と》り込《こ》み始めた。録画していた前日の韓流《はんりゅう》ドラマに流れた「大雨、洪水《こうずい》、雷《かみなり》、竜巻《たつまき》」の気象警報《けいほう》を見て……。

そんなネタの尽《つ》きないユカリのママであるが、そのＤＮＡは娘《むすめ》であるユカリにもしっかり引《ひ》き継《つ》がれている。

Ｑ部に入って数カ月。ユカリは部の雰囲気《ふんいき》にようやく慣《な》れてきた。

もともと推理《すいり》小説を読むのが好きだったユカリは、中等部進学とともに期待に胸《むね》を膨《ふく》らませながら「ミステリー研究部」のドアを叩《たた》いた。ところが入部してまもなく、猪突猛進《ちょとつもうしん》タイプの副部長、中崎《なかざき》栞《しおり》先輩《せんぱい》のひとことでその部は「Ｑ部」という名称《めいしょう》に変わってしまったのだ。それだけでなく、「アタシたちも凪中《なぎちゅう》の謎解《なぞと》きを始めるわよ!」という宣言《せんげん》までセットで……。

ユカリは「ワタシも、探偵《たんてい》をやるってコトですかあ」と最初こそうろたえていたが、冷静沈着《ちんちゃく》な部長、桐谷翔太郎先輩《きりやしょうたろうせんぱい》によって謎《なぞ》は次々と解明《かいめい》されていった。そのうち、まるで自分たちが推理《すいり》小説の主人公になったような気分がして楽しくなってきた。それに、解《と》かなければならない謎《なぞ》がない日には、部室でおしゃべりしたり、本を読んだりして自由な時間がすごせるのも気に入っている。

さて、金曜日の夕方。部活も終わって、家路を急ぐユカリの足取りは軽かった。

部活が楽しかった、ということもあるが、今日のユカリの機嫌《きげん》のよさはそれだけではない。彼女《かのじょ》のカバンの中には、これまでになく誇《ほこ》らしいテストの結果が入っていたのだ。

「ただいまあ!」

バンと勢《いきお》いよくドアを開けると、「あらあ、お帰り」とママの声がリビングから。この様子はまた韓流《はんりゅう》ドラマのイケメン君に首ったけ、という感じだ。

ユカリは元気よくリビングに突《つ》き進《すす》んでいく。見えてきたのはママの後《うし》ろ姿《すがた》、肩越《かたご》しに韓流《はんりゅう》ドラマのイケメン君がさわやかな笑顔《えがお》を見せている。

「ねえママ。ちょっといい」

「あとにしてよ。今いい場面なんだから」

「そんなこと言わないで、数秒でいいから、お願い」

「なによお、まったく」

ふてくされ気味にママがリモコンを持って一時停止ボタンを押《お》すと、イケメン君の笑顔《えがお》がピタリと止まる。

「これを見て」

ユカリがカバンから取り出したのは、返却《へんきゃく》された英語のテスト用紙だった。

「…………」

ママの表情《ひょうじょう》が固まる。おどろいているんだ、娘《むすめ》がこんないい点数を取ったから。

「ユカリ。こんな点数を取って、いいと思ってるの」

「いいと思ってるって、ママに褒《ほ》めてもらいたくて見せてるんだよ」

「ふざけるのもいい加減《かげん》にしなさいよ！　恥《は》ずかしいと思わないの!?」

「え、なんで？　どうしてこの点数で叱《しか》られなきゃいけないのよ」

ユカリが手にしているテスト用紙には91点と書かれている。これでもママは不服なの？

「叱《しか》るに決まってるじゃない」

「し……信じられないよ」

ユカリは涙声《なみだごえ》になる。今までの最高得点を更新《こうしん》して、はじめて90点台をマークしたというのに満足するどころか怒《おこ》り出すなんて、鬼《おに》のような母親だ。

「なんだ、なんだ。どうしたんだ」

ユカリの背後《はいご》から声。

「パパ、もう帰ってたの」

「ああ、今日は出先から直帰してな。ユカリより少し前に帰ってきたんだが……。そんなことより、何を言い争っているんだ？」

家族の中では一番の常識人《じょうしきじん》であるパパが、母娘《ははこ》の言い争いを聞きつけてあわてて書斎から出てきたのだ。

「これを見てよパパ。ワタシ、一生懸命《いっしょうけんめい》がんばって勉強して、英語のテストではじめてこんなにいい点数を取ったっていうのに、ママったら『ふざけるな！』って言うのよ」

ユカリが差し出したテスト用紙を、パパはじっと見る。

「うん、これはすごいな」

「すごくないでしょ、悲惨《ひさん》な点数よ！」

ママが再《ふた》び叫《さけ》び始める。

「ええと、ママはなんでそんなに怒《おこ》っているのかな」

「あなたユカリの味方になるの？　親として、その点数を恥《は》ずかしいと思わないの？」

「うーん」

激昂《げっこう》するママの様子を見て、何かがおかしいと思い始めたパパは、ユカリが手にしたテスト用紙をじっと見つめる。

「ママ……君はもしかして、この点数を反対側から見て、怒《おこ》っているのではないか」

「へ？」

パパの冷静な指摘《してき》に、ママは空気の抜《ぬ》けたような声を出す。

「やっぱりな。ユカリ、そのテストを貸《か》してくれ」

ユカリからテスト用紙を受けとると、パパは、その上下をひっくり返した。

「91点」が「16点」に見える。え、もしかしてママは……。

「あらやだ。私《わたし》ったらついうっかり、16点だと思って……オホ、オホホホ」

「オホホホじゃないわよ。まったくもぉ！」

「まあまあ、ユカリ。ママがそそっかしいのはいつものことなんだから。それにユカリだって、ママに負けずにそそっかしいよな。蛙《かえる》の子は蛙《かえる》だ」

そう言ってパパは、ユカリのテスト用紙の数カ所を指で示《しめ》す。

「このテスト、本当は100点が取れたんじゃないか。大文字と小文字を間違《まちが》えたり、文末のピリオドを忘《わす》れたり、ケアレスミスばっかりで点を引かれているぞ」

「オホ、オホホホ……」

ユカリも笑うほかなかった。

Q11

赤いリボンの傘《かさ》

雨の季節。

空は鈍色《にびいろ》にくすみ、地面に打ちつけるザアアという雨音だけが聞こえてくる。校庭も、運動部が使用できないために彼《かれ》らの声は聞こえず、しん、としている。

Q部の部室内もいたって静かであり、まるで四人の部員たちと、居候《いそうろう》をしている一匹《いっぴき》のネコだけが、世界から取り残されたかのようだ。

「ハア……雨、雨、雨。わかっちゃいるけど、ユーウツだわ」

溜息《ためいき》で曇《くも》った窓《まど》ガラスに「雨」と指で書いて、栞《しおり》は椅子《いす》に座《すわ》る。

「こんな雨の日には、謎《なぞ》もなさそうね」

「そーですねぇ」

後輩《こうはい》の木佐貫《きさぬき》ユカリも読んでいた本から顔を上げ、物憂《ものう》げに窓《まど》の外を眺《なが》める。

「でも放課後の雨ってロマンティックなドラマが生まれそうですね。朝は晴れてたので傘《かさ》を持ってこなかった女の子に、後ろから男の子が傘《かさ》をさして『一緒《いっしょ》に帰ろう』とか……」

キャー、と自分が口にした妄想《もうそう》にユカリは軽い悲鳴をあげる。

「ユカリは乙女《おとめ》よねえ。それにひきかえウチの男子ってばもう……」

横目で男子部員二名を見る。

一年の竹ノ内優也《たけのうちゆうや》はトランプでタワーを制作《せいさく》中。今は三段《だん》目ができたところで、栞《しおり》の言葉がまったく聞こえていないようだ。たいした熱中ぶりである。

そして部長の桐谷翔太郎《きりやしょうたろう》ときたら、部屋の隅《すみ》で分厚《ぶあつ》い推理《すいり》小説を読んでいた——はずが、疲《つか》れていたのか本を持ったままコクリコクリと舟《ふね》を漕《こ》いでいる。足もとで寝《ね》そべるバロンの眠《ねむ》けが伝染《でんせん》してしまったようだ。

「まあ、これが現実《げんじつ》って感じよね」

「そうですね、フフフ」

栞《しおり》とユカリが顔を見合わせて微笑《ほほえ》んだ。

コンコン。

ふんわりとしていた部室の雰囲気《ふんいき》が、来訪者《らいほうしゃ》を告《つ》げるノックの音で突如破《とつじょやぶ》られる。うたた寝《ね》をしていた翔太郎《しょうたろう》がムクッと顔を上げ、トランプタワーに熱中していた優也《ゆうや》もビクリとドアの方を見た。

「あら、こんな雨の日に誰《だれ》かしら。西《にし》さんがバロンの様子でも見にきたとか」

ガタン、と栞《しおり》が立ち上がると、優也《ゆうや》のトランプタワーがハラハラと崩《くず》れ落《お》ちる。

「あ、あああ……」と優也《ゆうや》が声をあげるが、栞《しおり》はそんなことを気にとめることなくドアに近づき、「どちらさま～？」とたずねる。

「あのぅ、Q部に相談があって……来たんですけど……」

か細い女子の声は、注意して聞かないと、外の雨音にかき消されそうだった。

「みんな、お客さんが来たわよ」

栞《しおり》が小さい鼻をプクッと膨《ふく》らませて、ドアをゆっくりと開ける。カバンを胸《むね》の前で抱《かか》えて立っていた女子生徒が、ぺこりと頭を下げる。

「こ、こんにちは」

「いらっしゃい。あなたは、隣《となり》のクラスの……ええと」

「二年B組の瀬尾《せお》です。それと、こっちが」

瀬尾《せお》が横を向く。室内から見えないところに、もうひとり来訪者《らいほうしゃ》がいたようだ。

「宮本《みやもと》よ。中崎《なかざき》さん、話すの久《ひさ》しぶりよね」大きな声が廊下《ろうか》に響《ひび》いている。

「ああ、アンタは宮本《みやもと》さくら、だったよね。初等部の五年と六年で一緒《いっしょ》だったから、もちろん覚えてるわよ」

「ありがと。さあ玲奈《れいな》、早く相談を言いなさいよ」

「え、でもぉ」

宮本《みやもと》に促《うなが》されるが、瀬尾玲奈《せおれいな》は恥《は》ずかしそうにうつむいている。

「どうしたのよ、瀬尾《せお》さん。相談があるなら、中に入って入って」

「あ、いえ、私《わたし》はここでいいので」

「玲奈《れいな》、遠慮《えんりょ》しないで入るわよ。で、桐谷《きりや》君は？」

「いるわよ、部屋の隅《すみ》で居眠《いねむ》りしてたけど」

「その情報《じょうほう》は余計《よけい》だ」

栞《しおり》の背後《はいご》から翔太郎《しょうたろう》の声。瀬尾玲奈《せおれいな》が身体《からだ》をこわばらせた。

「大丈夫《だいじょうぶ》よ。寝起《ねお》きで機嫌《きげん》が悪いかもしれないけど、獲《と》って食ったりしないから」

栞《しおり》は冗談《じょうだん》を言って瀬尾《せお》の緊張《きんちょう》をほぐそうとするが、彼女《かのじょ》の表情《ひょうじょう》は固いままだ。

ははあ、とそこで栞《しおり》は感づく。ここのところ、翔太郎《しょうたろう》の切れ味するどい推理力《すいりりょく》は、凪中《なぎちゅう》二年生の間で話題になっていた。成績《せいせき》も学年トップなのだから、神々《こうごう》しさすら感じる人もいるようで「桐谷翔太郎《きりやしょうたろう》は神様だ」という冗談《じょうだん》みたいな噂《うわさ》も聞いたことがある。

その翔太郎《しょうたろう》が目の前にいるのだから、緊張《きんちょう》するのは無理もない……けど。

「まあ中に入ってよ。立ち話もなんだし……優也《ゆうや》、ユカリ、その席空けて」

「ほら玲奈《れいな》、そう言ってくれてんだから」

宮本《みやもと》さくらが、大きく膨《ふく》らんだカバンでグイグイと押《お》していく。ああぁっと呻《うめ》くような声を発しながら、瀬尾玲奈《せおれいな》は強制的《きょうせいてき》にQ部の部室に入れられた。

栞《しおり》に座《すわ》るよう促《うなが》されると、瀬尾《せお》はうつむいたまま、固まっている。

「で、Q部に相談ってのは」

「はい……あのう、私《わたし》の傘《かさ》がなくなっているんです」

「傘《かさ》？」と栞《しおり》は首をひねる。

「それって、誰《だれ》かが間違《まちが》えて持っていったんじゃなくて」

「今さっき、さくらと昇降口《しょうこうぐち》に行ったんです。私《わたし》たち二年B組の傘立《かさた》てには、さくらの傘《かさ》しか残ってなくて」

「それは確《たし》かに変よね。もし誰《だれ》かが間違《まちが》えてあなたの傘《かさ》を持っていったとしても、その人の傘《かさ》が残ってなきゃおかしいもの」

「でしょ」と宮本《みやもと》さくらが口をはさむ。

「実はね、私《わたし》と玲奈《れいな》は仲良しだから、お揃《そろ》いの花柄《はながら》の傘《かさ》を使ってるのよ。同じものが傘立《かさた》てにあると間違《まちが》えちゃうから、玲奈《れいな》の傘《かさ》の柄《え》には赤いリボンをつけてある。そのリボンのついた方がなくなってるの。リボンなしの、私《わたし》の傘《かさ》はあったけど」

「すると瀬尾《せお》さんの、赤いリボンの傘《かさ》だけが持ち去られた……つまり、盗《ぬす》まれたワケね」

「そうは思いたくないんだけど……誰《だれ》かに嫌《きら》われるようなことをした覚えもないし」

うつむいたまま、瀬尾玲奈《せおれいな》はボソボソと話す。

「うーん。これは事件《じけん》のにおいがするわ」

栞《しおり》が、またもや鼻を膨《ふく》らませる。

「犯人《はんにん》は、何か意図があって瀬尾《せお》さんの赤いリボンの傘《かさ》を持っていった。それが誰《だれ》で、どうしてかを、アタシたちQ部が解明《かいめい》すればいいわけね」

ふん、と鼻息を荒《あら》くして、栞《しおり》が腕組《うでぐ》みする。

「でもね、とりあえずの相談は、傘《かさ》がない玲奈《れいな》は雨に濡《ぬ》れて帰らなくちゃいけないってコトよ。そこで……たとえば桐谷《きりや》君の傘《かさ》に入れてもらうとか」

「やめてよ、さくら！」

それまでおとなしかった瀬尾玲奈《せおれいな》が、突然《とつぜん》顔を上げて声を張《は》りあげた。

「私《わたし》はそんなことをお願いしたくてQ部に来たわけじゃない！　傘《かさ》だって、職員室《しょくいんしつ》へいって先生に事情《じじょう》を話して、余《あま》っている傘《かさ》を貸《か》してもらうから大丈夫《だいじょうぶ》だって言ったのに……」

「だったらさ」

翔太郎《しょうたろう》が立ち上がった。手にビニール傘《がさ》を持っている。

「これ、部室に置いてある置《お》き傘《がさ》なんだよ。よかったら使って。それで、また明日ここに来てくれないか？　事態《じたい》に進展《しんてん》があると思うから」

はい、とテーブル越《ご》しに手渡《てわた》されると「あ、ありがと……」と、瀬尾玲奈《せおれいな》はさっきのボソボソした話し方になってうつむいた。

「玲奈《れいな》、Q部に相談しにきてよかったじゃない。謎《なぞ》も解明《かいめい》してもらえそうだし」

「行こう、さくら」

用件《ようけん》が済《す》んだらもう必要ない、とでも言わんばかりに、瀬尾玲奈《せおれいな》は立ち上がり、スタスタとドアまで歩いていく。

「傘《かさ》……明日必ずお返ししますので。それじゃあ、お借りしていきます」

「ちょ、ちょっと玲奈《れいな》。待ってよ」

素早《すばや》くドアを開けて出ていこうとする瀬尾《せお》を、宮本《みやもと》さくらが追いかけていく。

急な来訪者《らいほうしゃ》が嵐《あらし》のように去っていくと、また雨音だけの静かな部室に戻《もど》る。

優也《ゆうや》とユカリは、ポカーンとした顔で立ったままだ。

「なんなの、あの子たち」

栞《しおり》は呆然《ぼうぜん》とドアの方を見ていた。傘《かさ》がなくなった、ということよりも、彼女《かのじょ》たちの様子がどうにもおかしくて、そこに引っかかりを感じていたのだ。

「ねえ翔太郎《しょうたろう》、アンタは今のふたり、どう思う?」

「明日になれば、わかるんじゃないかな」

何事もなかったように、翔太郎《しょうたろう》は再《ふたた》び部室の隅《すみ》に戻《もど》って分厚《ぶあつ》い本を開いた。

翌日《よくじつ》も朝から雨。

放課後、Q部の部室に、昨日《きのう》のふたりが訪《おとず》れる。瀬尾玲奈《せおれいな》は二本の傘《かさ》を持っていた。ひとつは昨日《きのう》、翔太郎《しょうたろう》から借りたQ部のビニール傘《がさ》。もうひとつは「赤いリボンの傘《かさ》」。

「今朝《けさ》、学校に来たら、私《わたし》の傘《かさ》があったんです」

「へえ、無事に戻《もど》ってきてよかったじゃない。でも……」

栞《しおり》は首をかしげる。

「今朝《けさ》になって置いてあったということは、誰《だれ》かが意図的に持っていって、そして元の場所に戻《もど》したってことになる。目的がわからないわ……翔太郎《しょうたろう》はどう思う？」

話を振《ふ》られた翔太郎《しょうたろう》は、瀬尾玲奈《せおれいな》の持っている赤いリボンの傘《かさ》を凝視《ぎょうし》していた。

「瀬尾《せお》さん。その傘《かさ》ちょっと貸《か》して」

「は、はい、どうぞ」

差し出した翔太郎《しょうたろう》の手に、瀬尾玲奈《せおれいな》はおずおずと傘《かさ》を渡《わた》す。

すると翔太郎《しょうたろう》は、傘《かさ》を、というよりは柄《え》の部分に結ばれた赤いリボンをじっと見る。

「このリボン、はずしていいかな」

「ど、どうぞ」

「じゃ、遠慮《えんりょ》なく」と言って翔太郎《しょうたろう》が結び目をほどくと、赤いリボンはひらひらと空中を泳ぐ。リボンをはずした目的が何なのか、誰《だれ》もわからない。

「翔太郎先輩《しょうたろうせんぱい》、リボンに謎《なぞ》を解《と》くカギがあるんすか」

優也《ゆうや》が興味深《きょうみぶか》げに聞いてくる。

「ああ。でも、リボンだけじゃない。この傘《かさ》、まだ濡《ぬ》れているだろ。これを盗《ぬす》んだ人物は、今朝《けさ》も自宅《じたく》から学校まで、この傘《かさ》を使って登校してきたと考えられる」

「じゃあ、その人、帰りに使う傘《かさ》がないんじゃ……?」

「そうなるよなあ――あ、瀬尾《せお》さん、ありがとう。結び目をほどいちゃったから、君が今、ここで結んでくれるか?」

そう言って、翔太郎《しょうたろう》が傘《かさ》と赤いリボンを瀬尾玲奈《せおれいな》に返す。

受けとった彼女《かのじょ》は、傘《かさ》を机《つくえ》にかけ、柄《え》の部分に赤いリボンを結び始める。

「うん、やっぱりな」

「え、翔太郎《しょうたろう》。アンタ、もう何かわかったっていうの⁉」

「ああ、これを見てほしい」

今一度、瀬尾玲奈《せおれいな》の傘《かさ》を手にすると、彼女《かのじょ》が結んだリボンの部分を指さす。

「彼女《かのじょ》がここに持ってきたときと、今ここで結んでもらったときの、赤いリボンの結び方が違《ちが》うんだよ」

ええぇ？　と小さなおどろきが部室内に響《ひび》く。

「どういうことですかぁ……？」

ユカリが赤いリボンを右から左から見つめながら、眉《まゆ》を下げる。

「最初は縦《たて》結び、そして今のはちゃんとした蝶々《ちょうちょう》結びになっている。この傘《かさ》のリボンは一度、瀬尾《せお》さん以外の者によってリボンをはずされている、ということだ」

「というコトは……！」

栞《しおり》の中で、真相が判明《はんめい》しつつある。

「リボンがなければ、それは瀬尾《せお》さんの傘《かさ》ではなく、同じ花柄《はながら》のさくらの傘《かさ》に変わってしまう。つまり、昨日《きのう》、残っていた傘《かさ》はさくらのではなく瀬尾《せお》さんのだったってこと？」

「ちょっと待ってよ」

宮本《みやもと》さくらが、栞《しおり》の推理《すいり》をさえぎる。

「だとしたら、私《わたし》の傘《かさ》はどこに行っちゃったの？　ひょっとして盗《ぬす》まれたのは、私《わたし》の傘《かさ》だったっていうの？」

「もう何が何だかわからないっす……」

優也《ゆうや》が頭を抱《かか》える。

「いや、オレの推理《すいり》では……宮本《みやもと》さんは昨日《きのう》、花柄《はながら》の傘《かさ》で登校してこなかったんだよ。折《お》りたたみ傘《がさ》で学校に来て、それをカバンの中に入れていた」

「…………」

翔太郎《しょうたろう》の推理《すいり》に、宮本《みやもと》さくらが黙《だま》り込《こ》む。

「昨日《きのう》、君たちが部室に現《あらわ》れたときにオレは気づいてたんだ。瀬尾《せお》さんのカバンに比《くら》べ、君のカバンがパンパンに膨《ふく》れていたのをね。同じクラスなら授業《じゅぎょう》は同じ。持ってくる教科書の量だって同じだろう」

「ひ、人によって持ってくるものは違《ちが》うじゃない」

「それはそうだ。けど、カバンの膨《ふく》らみは、細長い……ちょうど、折《お》りたたみ傘《がさ》のような形をしていたよ。今日の、そのカバンのようにね」

翔太郎《しょうたろう》が指さした宮本《みやもと》さくらのカバンには、折りたたみ式の傘《かさ》と思われる細長い影《かげ》が浮《う》き上《あ》がっていた。

「キミは昨日《きのう》、その折《お》りたたみ傘《がさ》で学校に来てからカバンにしまい、瀬尾玲奈《せおれいな》の花柄《はながら》の傘《かさ》から赤いリボンをはずして『自分の傘《かさ》』にしたんだね。そして今日は、本来は彼女《かのじょ》のものである傘《かさ》で登校してから赤いリボンをつけ直した——自分流の『縦《たて》結び』で」

「…………」

「そして放課後は、今カバンの中に入っている折《お》りたたみ傘《がさ》で、家に帰る」

「私《わたし》を疑《うたが》ってるのね。でも今日は、最初から折《お》りたたみ傘《がさ》を使って学校に来たって言ったら？」

宮本《みやもと》さくらが強気に言った。それでも翔太郎《しょうたろう》はひるまない。

「初等部時代から知っているけど、君はちゃんとしている人だ。昨日《きのう》も、登校時に使った折《お》りたたみ傘《がさ》は家でちゃんと乾《かわ》かしてから、たたんだはず。今朝《けさ》、君が登校時に使ったなら濡《ぬ》れているはずだけど、乾《かわ》いているとオレは思う。出してみてくれるか」

「アハハハ……さすがね、Q部の部長。あなたの推理《すいり》の通りだわ」

「さ、さくら……」

友人のカミングアウトに、瀬尾玲奈《せおれいな》は目を丸くしている。

「ど、どうして友だちのあなたが、私《わたし》の傘《かさ》を」

「そう、それだよ」と、翔太郎《しょうたろう》も言葉を添《そ》える。

「犯人《はんにん》が宮本《みやもと》さくら、君であることは昨日《きのう》からおおよそ見当はついていたのだが、オレがいまだにわからないのは、なぜ君がそんなことをしたかという動機だ」

「桐谷《きりや》君、あなたここまでわかったのに、動機がわからないの？」

「ああ、まったく」

「そうかあ、じゃあ教えてあげる。私《わたし》は玲奈《れいな》を困《こま》らせようとして傘《かさ》を盗《ぬす》んだんじゃないのよ。むしろ玲奈《れいな》のためだったの。傘《かさ》がなくなるという謎《なぞ》をQ部に持《も》ち込《こ》めば、玲奈《れいな》は桐谷《きりや》君と……フグッ、フググッ！」

「ワアアアッ！」と、瀬尾玲奈《せおれいな》が横からものすごい勢《いきお》いで宮本《みやもと》さくらの口を塞《ふさ》ぎ、大声で叫《さけ》んだ。

「し、失礼しますっ！」

そして一方的に宣言《せんげん》して、宮本《みやもと》さくらの口をふさいだまま、抱《かか》え込《こ》むように部室から消えていってしまった。部室は、あっという間に静寂《せいじゃく》に包まれる。

「なんなんだ、あいつら。わけがわからない」

翔太郎《しょうたろう》は不可解《ふかかい》な顔をして、開けっ放しになったドアを見ている。

その彼《かれ》を見て、栞《しおり》は思った。

あらゆる謎《なぞ》を解《と》いてるのに、コイツは女の子の気持ちはまったく理解《りかい》できてないんだ。

でも今後、こんな風にいろんな女子がアタックしてくるだろう……。

「ふーん、おもしろいじゃないの」

「何がおもしろいんだよ」

「いや、なんでもないわ。ひとりごとよ」

Q 12

やすゆきのハンカチ

早朝の公園は、ねっとりとした暑さに包まれていた。

「ううーん」

Q部所属《しょぞく》の一年生、木佐貫《きさぬき》ユカリは、大勢《おおぜい》の人が集まる公園の隅《すみ》で伸《の》びをする。

せっかくの夏休みだっていうのに「生活リズムを崩《くず》しちゃいけないから、ユカリはラジオ体操《たいそう》に行きなさい」とママに命令されたのだ。

その暑い朝も、いつも通りユカリは家を出て、徒歩五分で公園に到着《とうちゃく》したのだった。

「あれ」

足もとにピンク色のハンカチが落ちていた。

ウサギのプリントがついている。色や絵柄《えがら》からして、おそらく女の子のものだ。

ハンカチを拾い上げて眺《なが》めると、黒のペンで、名前が大きく書かれていた。

《やすゆき》

——ああ、ワタシったら、Q部に所属《しょぞく》していながら、いまだ観察力が足りないわ。

ユカリは反省する。ピンク色、ウサギの絵柄《えがら》、これだけで持ち主が女の子と早合点《はやがてん》してしまった自分が恥《は》ずかしい。こういうデザインが好きな男の子だっているのだ。

反省ついでに、このハンカチの持ち主を捜《さが》し当《あ》てて、直接手渡《ちょくせつてわた》しで返してあげよう。おそらく普段《ふだん》からこの公園で遊んでいる子のものだろう。

そう思ってユカリはハンカチをポケットにしまう——と同時にラジオ体操《たいそう》のテーマ曲が流れてきたので、いつもの動きを始めた。

朝食をとったあと、ユカリは再《ふたた》び公園に向かった。午前中でも気温はジリジリと上がっているのがわかる。セミが鳴《な》き交《か》う公園に足を踏《ふ》み入《い》れると、木陰《こかげ》の砂場《すなば》で遊んでいる小さな子どもと、それを見守る母親たちの姿《すがた》。ユカリは彼女《かのじょ》たちに歩《あゆ》み寄《よ》る。

「すみません。ワタシ、この公園で、このハンカチを拾ったんですけど、やすゆき君という男の子をご存《ぞん》じないですか」

「やすゆき君？」

話しかけたお母さんたちは、たがいに顔を見合わせて首をひねる。

「私《わたし》たち、毎朝この公園で、子どもたちを遊ばせているけど、この時間にやすゆき君っていう子はいなかったと思うわ」

「そうですか。ありがとうございます」と、お辞儀《じぎ》をしてその場を立ち去る。あれえ、いつもあの公園にいる子ではないのかな。

夕方四時。ユカリは再《ふたた》び公園に来ていた。さっきとは違《ちが》うグループの親子連れが木陰《こかげ》の下で遊んでいるので、ユカリは同じ質問《しつもん》をする。

「すみません。ワタシ、今朝《けさ》この公園で、このハンカチを拾ったんですけど、持ち主の男の子をご存《ぞん》じないですか」

お母さんたちは、無言で顔を見合わせる。

「あれ、ワタシ、もしかして変なことを言いましたか」

不安になっているユカリに「違《ちが》うのよ」と言って、その中のひとりが笑った。

「どうしてあなた、男の子だと思ったの」

「ここに《やすゆき》って名前があるので、男の子のハンカチなんだなって」

「それはウチの子なんだけど、『やすゆき』っていうのは男の子の名前じゃなく、『野洲《やす》』は名字、『有希《ゆき》』が名前の、女の子なの」

「あぁ！　そうだったんですかぁ！」

ユカリは思わず叫《さけ》んでしまった。

「届《とど》けてくれて、ありがとね。ゆきちゃーん」

お母さんが呼《よ》ぶと、小さな女の子がやってくる。

「このお姉ちゃんが、ゆきちゃんのハンカチを拾ってくれたの」

「ありがとう、お姉ちゃん」

「どういたしまして」と言いながら、ゆきちゃんにハンカチを手渡《てわた》す。

まだまだ修業《しゅぎょう》が足りないな、とユカリは反省した。

Q13 メモは「23」

暑さも一段落《だんらく》した二学期のある朝、二年A組ではふたつの異変《いへん》が起きていた。

ひとつ目は、普段《ふだん》学校を休むことのない桐谷翔太郎《きりやしょうたろう》が、昨日《きのう》、今日と連続して欠席していること。「バカは風邪《かぜ》を引かないけど、アイツは逆《ぎゃく》だからな」と、冗談《じょうだん》かどうかわからないことをクラスの男子たちが話していた。

ふたつ目は、ちょっとよろしくない出来事だ。

朝のホームルームで、担任《たんにん》の小暮《こぐれ》先生が憮然《ぶぜん》とした表情《ひょうじょう》をしている。

「みんな、ちょっとそこを見てくれ」

指さしたのは教壇《きょうだん》に近い窓《まど》ガラス——よく見ると、右下にヒビが入っていた。

「昨日《きのう》の五時ごろ、校内を巡回《じゅんかい》していた警備《けいび》の西《にし》さんが見つけて私《わたし》に教えてくれました。

昨日《きのう》の三時半、帰りのホームルームをしていたときには、この窓《まど》ガラスにヒビはなかったと記憶《きおく》していています。つまり三時半から五時の間に、ああなったわけです」

教室がしんとなる。

「昨日《きのう》は野球部の活動も校庭であったが、みんなも知っている通り、教室の窓《まど》の前にはネットが張《は》られているから、ボールがぶつかってヒビが入る――なんてことは考えにくい。つまり、この教室の内側から何者かがぶつかったりして、ヒビが入ったと私《わたし》は考えていま
す。さらに」

メモ用紙のようなものを手にする。

「今朝《けさ》の巡回《じゅんかい》で、西《にし》さんが見つけたものです」

先生がメモ用紙を生徒たちにかざす。

「23」という数字が記されていた。

「その窓《まど》ガラスの下にあったらしい」

「犯人《はんにん》を見つけるヒントってワケですね！」

ガタン！　と勢《いきお》いよく中崎栞《なかざきしおり》が立ち上がる。

「小暮《こぐれ》先生、謎《なぞ》であればQ部にお任《まか》せください」

「な、中崎《なかざき》さん。落ち着いて」
興奮気味《こうふんぎみ》の栞《しおり》を、先生はなだめる。
「現時点《げんじてん》ではヒビが入った原因《げんいん》がわかりませんから、誰《だれ》かの仕業《しわざ》とか、犯人《はんにん》とかの話では
ないんです。私《わたし》が知りたいのは、どうしてこうなったのかです。校内のガラスが破損《はそん》した
際《さい》には届出《とどけで》をする規則《きそく》なのでね。もちろん、ヒビが誰《だれ》かによるものであれば、やってしま
った人物は正直に名乗り出てほしいと思います」
「でも先生、23ってメッセージが書かれたメモが残っていたんでしょう」
「見つけた西《にし》さんの話では、昨日《きのう》の五時にはなかったメモが、今朝《けさ》八時前に巡回《じゅんかい》した際《さい》に
ヒビのある窓《まど》ガラスの下にあったそうです」
「じゃあそれはきっと、犯人《はんにん》を知っている人物が残したんです……わかりました！　Q部
の副部長であるアタシ――中崎栞《なかざきしおり》が、必ずやガラスを破損《はそん》した犯人《はんにん》をつきとめてみせます
から、その23のメモを貸《か》してください」
――おおおお。
どよめきに似《に》た声が教室のあちこちから響《ひび》く。

「謎解《なぞと》きは部長、桐谷翔太郎《きりやしょうたろう》の担当《たんとう》だろ」と栞《しおり》の後ろからヤジのような声。

「うるさいわね。その部長が風邪《かぜ》で休みなんだから、副部長が代理をするのは当然よ」

栞《しおり》は一歩も引かない。

「まあまあ。そうは言ってもガラスは完全に割《わ》れたわけでもありませんし、故意《こい》であったかどうかもわかりませんから、この件《けん》に関して何か知ってる人がいれば、私《わたし》のところに来てください。怒《おこ》ったりはしませんから」

一時間目の始業チャイムが鳴る。

「では私《わたし》は職員室《しょくいんしつ》で待っていますから、窓《まど》ガラスのヒビの真相がわかることを期待しています。もちろん、Q部の活躍《かつやく》も」

そう言って先生は栞《しおり》に23のメモを渡《わた》すと、教室から出ていった。

栞《しおり》はプクッと鼻を膨《ふく》らませた。

「この謎《なぞ》、アタシがぜったいに解《と》いてみせるわ！」

授業中《じゅぎょう》、栞《しおり》はメモの23をじっと見ていた。

そして一時間目の終了《しゅうりょう》チャイムが鳴るやいなや、声を張《は》りあげる。

「犯人《はんにん》がわかったわ！」

栞《しおり》の声にクラスメイトが「おおお」と色めき立つ。

「アタシは一時間目の最中、昨日《きのう》のことを思い返していたのよ。昨日《きのう》の放課後、多くの人が部活や委員会に向かっているなかで、何人かの男子が、文化祭の出し物の話し合いをするために、この教室に残っていたわね」

「ああ、自分たちが残ってたけど」

答えたのは、文化祭実行委員の和田直人《わだなおと》だ。

「何人かの男子で出し物の劇《げき》について話し合った。けど、そのときにガラスにヒビが入るような出来事はなかったぞ」

「そうだよ」と、もうひとりの男子——前田《まえだ》が続ける。

「オレたち四時半まで話し合ってから、それぞれ次の部活や委員会とかに行ったんだ。オレたちもそのヒビのことは知らないから、それはおそらく四時半から五時の間の出来事だったんじゃないか？」

「そうかしら……真相は、この23と書かれたメモが知ってるわ」

ピッと、栞《しおり》は23のメモをかざす。

「このメモが現《あらわ》しているのは、出席番号23番——西野《にしの》、あなたのコトよ！」

「なんだってぇ!?」

名指しされた西野《にしの》が、困惑《こんわく》した顔で立ち上がる。

「た、たしかに、オレは昨日《きのう》こいつらと一緒《いっしょ》に文化祭の話し合いをしていたけど……。なあみんな、オレ、そんなことしたか？」

西野《にしの》の問いかけに数人の男子が首を振《ふ》る。

「な。みんなオレの行動を知っているわけだし、オレじゃないって」

「別に、四時半までの行動についてだけ言ってるわけじゃないわよ。犯行《はんこう》は、話し合いが終わった四時半から五時の間にあったとも考えられるじゃない」

「犯行《はんこう》って……」

西野《にしの》は苦笑《にがわら》いを浮《う》かべながら、昨日《きのう》のその後の行動を説明する。

「教室を出たあとは、図書委員会の活動があったから、遅《おく》れて図書室に向かったんだよ。

もしオレをあやしむなら、同じ図書委員の谷口《たにぐち》と吉村《よしむら》に聞いてくれよ。オレが四時半に図書室に行ったことが立証《りっしょう》できるなら、オレへの疑《うたが》いは晴れるだろ」

「わかったわ。谷口《たにぐち》はD組、吉村《よしむら》さんはC組だったわね？」

そう言って栞《しおり》はA組の教室を飛び出す。すると、C組の前の廊下《ろうか》でふたりを見つける。図書委員長と副委員長のふたりが最近つき合い出したことは有名なので、休み時間なら同時につかまえられると考えた栞《しおり》の勘《かん》が的中した。

「ねえ、おふたりさん。昨日《きのう》の図書委員会に、ウチのクラスの西野《にしの》が四時半ごろに遅《おく》れて来たのは本当かしら」

「うん、たしか」

「そうよ。西野《にしの》君、遅《おく》れて来てたわ。文化祭の話し合いで遅《おそ》くなったって」

谷口《たにぐち》と吉村《よしむら》が顔を見合わせて、確認《かくにん》するように答える。

「それが四時半って実証《じっしょう》できる？」と栞《しおり》はさらに聞《き》き込《こ》みを続ける。

「委員会がちょうど終わるときに西野《にしの》が入ってきたんだよ。もう終わりだよって言って解散《かいさん》したとき、時計を見たら四時半だった。そこから西野《にしの》とは一緒《いっしょ》に帰った」

「そうなんだ……」

西野《にしの》のアリバイが立証《りっしょう》されたことで、最初の推理《すいり》がハズレとなった。

栞《しおり》はガックリと肩《かた》を落としてA組の教室に戻《もど》る。

「中崎《なかざき》、どうだったよ。オレはちゃんと四時半に図書委員会に行ってたろ」

「ええそう。アンタが犯人《はんにん》でないことは証明《しょうめい》されたわ。事件《じけん》は振《ふ》り出《だ》しに戻《もど》ったわけ。でもアタシはQ部の副部長なんだから、謎《なぞ》はぜったいに解《と》いてみせるわ」

二時間目の始業チャイムが鳴り、栞《しおり》たちは席に着いた。


「23……23……」

授業《じゅぎょう》中、メモを手にした栞《しおり》は呪文《じゅもん》のように小さな声でつぶやいている。

犯人《はんにん》はおそらく、文化祭の話し合いをしていた男子の中にいる可能性《かのうせい》が高い。そして犯《はん》人《にん》を見た誰《だれ》かが、23のメモで知らせたかった。

アタシはこの23の意味を解明《かいめい》しなきゃいけない。Q部の副部長なのだから。

あ、もしかして。

再《ふた》び、休み時間、「さっきの男子たち、ちょっと集まって」と栞《しおり》が集合をかけると、男子たちが面倒《めんどう》くさそうに集まってくる。

「この中で水瓶座《みずがめざ》の人は」

「え、オレだけど」と前田《まえだ》が手を挙げる。

「前田《まえだ》……アンタの誕生日《たんじょうび》は？」

「二月三日だけど」

「それよお！」

「えええええ！」

教室中に栞《しおり》と前田《まえだ》の声が響《ひび》き渡《わた》り、クラスメイトがおどろいてふたりを見る。

「この23のメモはねえ、アンタの誕生日《たんじょうび》を知っている人が、書き記したものなのよ。さあ前田《まえだ》、観念して犯行《はんこう》を認《みと》めなさい」

「ちょ、ちょっと待ってくれよお」

前田《まえだ》は涙目《なみだめ》になっている。

「いくらなんでも犯人《はんにん》の誕生日《たんじょうび》をメモで残すって、無理がありゃしないか？　それに、オレの誕生日《たんじょうび》を知ってるクラスメイトなんていないだろ」

「アタシは、クラスメイトなんて言ってない……アンタ、B組の広瀬《ひろせ》さんとつき合ってるわね？　アンタの罪《つみ》を彼女《かのじょ》は許《ゆる》せなくて、誕生日《たんじょうび》である二月三日……23のメモを犯行現場《はんこうげんば》に置いたって考えられるわ。恋人《こいびと》なら誕生日《たんじょうび》を知ってるでしょ」

前田《まえだ》と広瀬《ひろせ》は去年同じクラスだったが、クラス替《が》えの直前からつき合い始めたらしい。つき合って半年ほど経《た》つなら、誕生日《たんじょうび》を知っていてもおかしくない。

「そりゃあ、おたがいの誕生日《たんじょうび》は知ってるかもしれないけど、それと23のメモとの繋《つな》げ方《かた》が強引《ごういん》すぎるってば。それに、オレの犯行《はんこう》だとして、それを知った彼女《かのじょ》は、彼氏《かれし》をかばって隠《かく》す方が自然じゃんか」

「だったら聞いてみるまでよ」

栞《しおり》はまたしても教室を飛び出し、隣《となり》のB組に駆《か》け込《こ》む。

「広瀬《ひろせ》さん、いる？」

突然《とつぜん》の呼《よ》びかけに「はあ、はい」と目を丸くしながらも、広瀬《ひろせ》が栞《しおり》のもとにやってくる。

「ねえ、広瀬《ひろせ》さん。アンタ、前田《まえだ》の誕生日《たんじょうび》を知ってるわよね」

「たしか二月だったと思うけど」

「二月三日よ、しらばっくれてもダメだからね」

「え、あの……中崎《なかざき》さん、急にどうしたんですか？　ワケがわからないんですけど……」

「もお、やめてくれよぉ」

前田《まえだ》が栞《しおり》のあとを追ってきた。

「今聞いただろ。彼女《かのじょ》はオレの誕生日《たんじょうび》が二月三日だって知らなかったんだ。それに、オレにだって昨日《きのう》のアリバイはあるぞ。四時半に文化祭の話し合いが終わったあとは、広瀬《ひろせ》さんと一緒《いっしょ》に帰ったんだよ。なあ」

「うん。私《わたし》は四時半までこの教室で待っていて、前田《まえだ》君と駅まで一緒《いっしょ》に歩いて帰ったよ。ピアノ教室に直行するから四時四十五分の電車に乗って、五時からのレッスンにギリギリ間に合ったけど……それがどうしたの」

「ほらな、中崎《なかざき》。広瀬《ひろせ》さんがウソを言っていると思うなら、彼女《かのじょ》のピアノ教室に連絡《れんらく》をして、昨日《きのう》五時に来たかどうか確認《かくにん》すればわかるだろ」

「そ、そうね」

うーん、23が誕生日《たんじょうび》という推理《すいり》もハズレかあ……。

再《ふたた》び、謎解《なぞと》きは振《ふ》り出《だ》しに戻《もど》ってしまった。

もはや迷宮《めいきゅう》入りかと思われた「窓《まど》ガラスにヒビ、23のメモ事件《じけん》」だったが、その後、思わぬ展開《てんかい》を見せる。

四時間目が終わったタイミングで、二年A組に入ってきた人物は——。

「しょ、翔太郎《しょうたろう》。アンタ風邪《かぜ》は大丈夫《だいじょうぶ》なの?」

おどろく栞《しおり》の声に、クラスメイトが入口の方を見る。

「昨日《きのう》の夜にはもう治っていたが、親がもう一日安静にしてろってうるさくてな……だが家のベッドでゴロゴロしてるのも飽《あ》きたから来た。で、どうした?」

翔太郎《しょうたろう》は一部の男子たちの様子がおかしいのを見逃《みのが》さなかった。

(ぜったい、この中に犯人《はんにん》はいるのに……。アタシが自力で解決《かいけつ》できないのは悔《くや》しいけれど、ここはコイツにも協力してもらうしかないか)

「ねえ、翔太郎《しょうたろう》。実は昨日《きのう》このクラスでちょっとした事件《じけん》が起こったのよ」

そう言って栞《しおり》は「窓《まど》ガラスにヒビ、23のメモ事件《じけん》」の概要《がいよう》を説明する。

「ふむ、それで……ほう」

栞《しおり》の説明を聞きながら、翔太郎《しょうたろう》は23のメモをじっと見ていた。

「栞《しおり》。それでお前は出席番号23番である西野《にしの》や、誕生日《たんじょうび》が二月三日の前田《まえだ》が犯人《はんにん》ではないかと疑《うたが》ったと」

「だってそう思うじゃない。23なんて数字が書いてあるんだから」

「たしかに、このメモはひとりの人物を特定している。だが、お前の推理《すいり》は根本的なところでミスがあったようだ」

「何よ翔太郎《しょうたろう》、アタシの推理《すいり》のどこにミスがあるっていうの！」

栞《しおり》は怒《おこ》り出《だ》したが、翔太郎《しょうたろう》はかまおうとしない。

「この部分をよく見てほしい」

翔太郎《しょうたろう》が、23と書かれた「2」の部分を指《さ》し示《しめ》す。

「2という数字を書くとき、どう書く」

「どう書くって、決まってるじゃない。上のところをキュッと書いて……」

栞《しおり》が、宙《ちゅう》に「2」をササッと描《えが》いた。

「だよな。普通《ふつう》は一筆書きで、一気に書くよな。でも、この『2』をよく見てくれ」

「あれ、途切《とぎ》れてるわ」

「そうだ。繋《つな》がってない」

「変わった書き方するわね」

「いや、そもそもこれは『2』じゃないんだ」

メモを右に九十度かたむける。

「あああ……そういうコトなのね！」

「やっと気づいたか」

右に倒《たお》したメモは数字の23ではなく、
アルファベットの『NW』だったのだ。

「これって、人物を特定するイニシャル？」

「ああ、オレたちは名前、名字の順番《じゅんばん》で、ケネディ先生に教わっただろ。23を左に倒《たお》すと『MN』になるが、このクラスにそのイニシャルの生徒はいない。そうなると『NW』は、

Naoto Wada……君ということになるが」

「やっぱすげえな、Q部の桐谷翔太郎《きりやしょうたろう》」

真犯人《しんはんにん》――文化祭実行委員の和田直人《わだなおと》が笑っていた。

「オレも23ってメモの意味がわからなかったけど、そういうコトだったのかよ」

「感心してる場合じゃないぞ。小暮《こぐれ》先生に謝《あやま》りにいくなら早い方がいい。それと、おそらく和田《わだ》だけじゃなくて、昨日《きのう》打ち合わせしてた男子全員が口裏《くちうら》をあわせて、黙《だま》っていたはずだ」

翔太郎《しょうたろう》の指摘《してき》を聞いて、西野《にしの》や前田《まえだ》といった男子たちが、気まずそうな顔をしている。

和田《わだ》がうなずいた。

「ああ、文化祭の劇《げき》でアクションをやろうって話になってさ。立ち回りとかやってたら勢《いきお》いあまってオレがガラスにぶつかっちゃったんだよ。みんなには黙《だま》っていてくれってお願いしていたんだが、そうもいかなかったか……」

「和田《わだ》よ。仲間に裏切《うらぎ》られたと思っているかもしれないが、そうとも限《かぎ》らないぞ。オレの知る限《かぎ》り『N』という英文字をあんな風に書く人物は、このA組にはいないからな。おそらく、お前らが騒《さわ》いでいるのを、よそのクラスのやつが廊下《ろうか》から見ていて、メモを残したんだろうとオレは思っている」

「そっかあ……じゃあ悪いが、みんなも一緒《いっしょ》に職員室《しょくいんしつ》についてきてくれるか」

和田《わだ》のお願いに「ああ」と数人の男子が立ち上がる。その中には、栞《しおり》が疑《うたが》いをかけた西《にし》野《の》や前田《まえだ》もいた。

実はこのとき、翔太郎《しょうたろう》は男子のひとりと目を合わせ、微笑《ほほえ》みかけていた。

（わかってるよ——『ＮＷ』のメモを書いたのは君なんだろう）

相手は学級委員の高橋《たかはし》だ。正義感《せいぎかん》の強い高橋《たかはし》のことだ、今回の件《けん》を見逃《みのが》せなかったのだろう。

英語の時間、高橋《たかはし》が黒板に「Ｎ」を書いたときのクセ字を翔太郎《しょうたろう》はもちろん覚えていた。

つまり、これから高橋《たかはし》が「Ｎ」を書くとき、あのクセのある書き方をしなければ、彼《かれ》がメモを書いた人物と特定されずに済《す》む——そこまで翔太郎《しょうたろう》は計算していたのだった。

Q 14

赤い帽子《ぼうし》

「おもしろい謎《なぞ》があるんすよ」

部室に入ってくるなり、Q部所属《しょぞく》の一年生、竹ノ内優也《たけのうちゆうや》は興奮《こうふん》気味に話し出した。

部長の桐谷翔太郎《きりやしょうたろう》の足もとで眠《ねむ》っていたネコのバロンが、薄《うす》く目を開いて優也《ゆうや》を見上げる。何ごとかと言いたそうな顔だ。

「へええ、優也《ゆうや》。アンタが謎《なぞ》を持ってくるなんて、めずらしいわね。聞かせてもらうわ」

中崎栞《なかざきしおり》がエラそうに言って腕《うで》を組む。

「昨日《きのう》、オレのばあちゃん……オレオレ詐欺《さぎ》に遭《あ》ったんす」

「全然おもしろくないじゃない！　しかも、詐欺《さぎ》だって最初から言っちゃってるし」

「まあ、話は最後まで聞いてくださいよ、栞先輩《しおりせんぱい》。謎解《なぞと》きもありますから」

優也《ゆうや》は椅子《いす》に座《すわ》ると、昨日《きのう》の出来事を話し出した。

竹ノ内《たけのうち》ハルさんは八十二歳《さい》。優也《ゆうや》の父方の祖母《そぼ》である。

五年前に夫、つまり優也《ゆうや》の祖父《そふ》が亡《な》くなってからはひとりで一軒家《いっけんや》に暮《く》らしている。優《ゆう》也《や》の父親が「一緒《いっしょ》に暮《く》らそう」と提案《ていあん》しているのだが、それを頑《かたく》なに拒《こば》んでいるという。

「身体《からだ》が動くうちは、ひとりで、誰《だれ》にも気兼《きが》ねなく暮《く》らしたいから」という理由で。

優也《ゆうや》の家から車で二十分くらいの場所に住んでいるので、何かあれば駆《か》けつけられる。それで多少の不安はあるが、優也《ゆうや》の父親は高齢《こうれい》の母のひとり暮《ぐ》らしを認《みと》めることになったのである。

だが、そんなひとり暮《ぐ》らしの老人につけいる悪いやつらはいろんなところに潜《ひそ》んでいるわけで、昨日《きのう》の夕方、一本の電話がハルさんを愕然《がくぜん》とさせたのである。

《母さん。オレだけど……助けてほしいんだ》

「和夫《かずお》かい、どうしたんだい?」

《あのさあ、実は会社の金に手を出して、それがバレちまったんだ。今上司と話してるんだけど、今日中に現金《げんきん》で返せば、クビは免《まぬか》れるって》

息子《むすこ》の一大事にあわてた祖母《そぼ》は、「詐欺《さぎ》なのでは？」と疑《うたが》う冷静さを失ってしまっていた。誰《だれ》かに相談したくても、今はひとり暮《ぐ》らし。ご近所に友人はいるが、口外すれば息子《むすこ》の、いや竹ノ内《たけのうち》家の恥《はじ》にもなってしまう。

《必ず返すからさ……今から二百万円、持ってきてくれないかな》

「わかったわ」

《ありがとう！　六時ちょうど、関町駅の正面改札口に、オレの会社の後輩《こうはい》が待ってるから、そいつに金を渡《わた》してほしいんだ。赤い帽子《ぼうし》をかぶってるから、すぐわかるよ》

電話を切ると、祖母《そぼ》はタンスの奥《おく》に隠《かく》しておいた二百万円の現金《げんきん》を持って関町駅に向かった……。

「という、昨日実際《きのうじっさい》に起きた話なんすけど、詐欺《さぎ》は未遂《みすい》に終わりました」

「よかったじゃないの。でも優也《ゆうや》。おばあちゃんは電話をすっかり信じてたんでしょう？　それなのに未遂《みすい》に終わったのは、なんでなの？」

「はい。それが〝謎《なぞ》〟なんです。どうしてオレのばあちゃんは、二百万円を取られずに済《す》んだと思いますか。謎《なぞ》を解《と》いてみてください。あ、ヒントは赤い帽子《ぼうし》です」

「えー、そんなの、わからないわよ。ユカリはわかる？」

「ワタシもわからないですう……翔太郎先輩《しょうたろうせんぱい》はどうですか？」

三人が翔太郎《しょうたろう》を見た。本に視線《しせん》を落としていた彼《かれ》は、ふっと笑って顔を上げる。

「昨日《きのう》、関町駅を使ったからすぐにわかった。昨日《きのう》はプロ野球の試合があったんだ」

「ああ、そういうコトね」

凪《なぎ》学園のある街には、凪浜《なぎはま》ベイブリーズというプロ野球チームのスタジアムがあった。

昨日《きのう》の対戦相手は「赤い帽子《ぼうし》」のレッドスターズ。

スタジアムの最寄《もよ》り駅が「赤い帽子《ぼうし》」のファンでごった返していたため、優也《ゆうや》のおばあさんは「これじゃあ誰《だれ》に二百万円を渡《わた》したらいいか、わからないわよ」と、あきらめて帰ってしまったそうだ。

Q 15

写真の少女

いつもならひっそりしている日曜日の凪《なぎ》学園は、往来《おうらい》する人、人、人でごった返していた。正門前に特設《とくせつ》のアーチが設置《せっち》され、人々はそこをくぐって学園内に入る。アーチの上には「凪《なぎ》フェスティバル」の看板《かんばん》。

年に一度の文化祭は、凪《なぎ》学園の中等部と高等部で同時に開催《かいさい》される。生徒たちは一カ月以上前から各クラスで発表や演劇《えんげき》などの出し物を準備《じゅんび》し、この日に備《そな》えてきた。

他校の生徒や、家族も、この日だけは学園内に入ることができる。

「ねえユカリ、ほかのクラスも見にいってみない？」

そう言ってQ部メンバーの木佐貫《きさぬき》ユカリを誘《さそ》ったのは、彼女《かのじょ》の無二の親友である一年A組のクラスメイト、酒井美月《さかいみつき》だ。

「うん、いいよ。でも美月《みつき》が行きたいのは、隣《となり》のB組だけなんじゃない？」

「もぉーやめてよぉ」

必死に否定《ひてい》する美月《みつき》だが、ユカリに図星を突《つ》かれて顔を赤らめる。

そう、隣《となり》のB組には美月《みつき》の片思《かたおも》いの相手、工藤君《くどう》がいるのだ。はじめて彼《かれ》の存在《そんざい》を知ったのは夏前の球技《きゅうぎ》大会だった。中等部から入学してきた彼《かれ》は身長が百七十五センチという大柄《おおがら》な体格《たいかく》で、バスケットボールで大活躍《だいかつやく》したのだ。

美月《みつき》は、彼《かれ》の俊敏《しゅんびん》で迫力《はくりょく》のある動きと、さわやかな顔立ちに一目惚《ひとめぼ》れしたのだった。ただし、この恋心《こいごころ》を知っているのは同じクラスのユカリだけ。

「凪中生徒《なぎちゅう》の意識調査《いしきちょうさ》」という無難《ぶなん》な発表展示《てんじ》をしている美月《みつき》たちA組は、当番の時間以外は自由に校内を回ることができる。朝一の当番を終えた美月《みつき》が真っ先に行きたいのは当然、隣のクラスということになる。でも。

「あっれえ、愛《いと》しの彼《かれ》、いないんじゃない？」

B組の教室をのぞいたユカリが言う。声がでかいってば、と美月《みつき》はあせるが、その愛《いと》しの彼《かれ》が誰《だれ》であるかを周囲は知らないので、まあ大丈夫《だいじょうぶ》かと安心する。

美月《みつき》もB組に入る。子どもも楽しめる「風船すくい」をやっていた。

教室を見回すと、ユカリの言う通り、工藤《くどう》君の姿《すがた》が見当たらない。

「他のクラスを見に行ってるんじゃない？」

「そうかもね。またあらためてこようかな。そのときはユカリ、またつき合ってよ」

「オッケー。あ、ワタシ、Q部の先輩《せんぱい》たちの演劇《えんげき》を見たいから二年生の教室に行くね」

「うん、じゃああとで」

手を振《ふ》ってユカリと別れた美月《みつき》は、ぶらぶらと校内を回ることにした。どこかに工藤《くどう》君がいるかもしれない。彼《かれ》の姿《すがた》を見ることができたら、それで満足なのだ。

一階に降《お》りて、そこから順番に教室を巡《めぐ》っていけばどこかで会えるかもしれない。そう思って美月《みつき》はまず昇降口《しょうこうぐち》に降《お》りていく……あ。

いた、工藤《くどう》君だ！

保護者《ほごしゃ》受付である、職員用《しょくいんよう》入口近くで大人の男性《だんせい》と話をしている。同じくらいの背《せ》の高さ、よく似《に》た顔立ちをしているから、きっと工藤《くどう》君の父親だろう。

こんなに早く会えるなんて、ラッキーだな。しかもお父さんも見られるなんて。さて私《わたし》はどうしよう。あ、ふたりが移動《いどう》を始めた。きっと一年B組に案内するんだ。

美月《みつき》は、自然と彼《かれ》らを追い始めた。

すると、十メートルくらい先を歩いていた工藤《くどう》親子の、ちょうどふたりの間あたりから紙のようなものがヒラリと落ちた。凪《なぎ》フェスのパンフレットか、いや、パンフレットはA4サイズの大きいものだ。となるとお金？ それともハンカチ？

美月《みつき》は急いで、彼《かれ》らが落としたものを取りにいく。これを届《とど》ければ、もしかしたら工藤《くどう》君との距離《きょり》が縮《ちぢ》まるかも……。

そんな淡《あわ》い期待を抱《いだ》きながら、落ちていたものを拾い上げると……。

「え、えええ……」

それは、一枚《いちまい》の写真だった。道路脇《わき》で少女が微笑《ほほえ》んでいる。ありふれた写真。

だが、そこに写っていた少女は、酒井美月《さかいみつき》――自分だったのだ。

凪中《なぎちゅう》の制服《せいふく》を着て立っている、私《わたし》。工藤《くどう》君が私《わたし》の写真を……どうして？

でもこんな写真、撮《と》られた記憶《きおく》がない。もしかして他の誰《だれ》かが私《わたし》を写して、それを工藤《くどう》君に渡《わた》したってこと？ それともどこかにストーカーがいる……!?

混乱《こんらん》してしまった美月《みつき》は、工藤《くどう》親子を呼《よ》びとめることができず、自分が写っている写真を手にしたまま固まってしまった。

「何よ、緊急招集《きんきゅうしょうしゅう》って。アタシたちだってクラスで劇《げき》をやるから忙《いそが》しいのに」

Q部の部室に、二年の中崎栞先輩《なかざきしおりせんぱい》の声が響《ひび》く。

「すみません栞先輩《しおりせんぱい》、どうしても相談したいことがあったんで」

木佐貫《きさぬき》ユカリは、そう言ってQ部の先輩《せんぱい》に説明してくれる。

ユカリの隣《となり》で、美月《みつき》はその様子を静かに見守るしかない。

「それで、相談は何よ。Q部が、さっさと解決《かいけつ》してあげるから言いなさい」

「彼女《かのじょ》はワタシの友だちで、一年A組の酒井美月《さかいみつき》っていいます」

美月《みつき》は、あわてて二年の先輩《せんぱい》に頭を下げる。さっきから怒《おこ》っている中崎先輩《なかざきせんぱい》と、もうひとり、何も言葉を発しない桐谷翔太郎先輩《きりやしょうたろうせんぱい》。何かと有名なこのふたりがQ部の副部長と部長であることは、中等部では誰《だれ》もが知っている。もうひとり、一年C組の竹ノ内《たけのうち》君もQ部のはずだが、クラスの活動があるらしく、この場にはいなかった。

「で、この話はココだけの秘密《ひみつ》にしていただきたいんですけど……まず、美月《みつき》が片思《かたおも》いしてる男子が、隣《となり》のクラスにいまして」

「ユカリ！　ちょ、ちょっと、その話は……」

「大丈夫《だいじょうぶ》、誰《だれ》とは言わないから。それでさっき、昇降口《しょうこうぐち》の保護者《ほごしゃ》受付で、美月《みつき》はその彼《かれ》と、彼《かれ》の父親が一緒《いっしょ》にいるのを見つけてあとを追ったんです。そうしたら、前を歩くふたりの間から、こんなものが落ちてきて……美月《みつき》、見せてあげて」

ユカリの指示《しじ》で、美月《みつき》は胸《むね》ポケットからさっきの写真を取り出す。

のぞき込《こ》んだ栞《しおり》が、すぐに顔をあげて美月《みつき》を見る。

「アンタが写ってるじゃない」

「そうなんです」

「何の相談かと思ったら、あなたの恋《こい》バナを聞かされるってコト？　もう一度言うわよ。アタシは忙《いそが》しいの！」

「まあまあ、栞《しおり》、話は最後まで聞いてやれよ」

ここではじめて、桐谷先輩《きりやせんぱい》が口を開く。

「酒井《さかい》さんって言ったね。君がここに来た理由ってのは、自分の知らないところで、この

㉘関町駅前行

写真が撮《と》られていたことが不安になったから——かな」

「はい」

さすがQ部部長、こちらの気持ちはお見通しのようだ。一方で、中崎先輩《なかざきせんぱい》は不満げだ。

「別にいいじゃない。意中の彼《かれ》が、アンタの写真を持っている——これで両思い！　カップル成立！　ってことでメデタシ、メデタシでしょ」

「でも私《わたし》、彼《かれ》と一度も話したことがないし、写真を撮《と》られた記憶《きおく》もないんです。なのに、なんでこんな写真を彼《かれ》が持ち歩いていたのか——考えたら恐《こわ》くなって」

ふむ、と桐谷先輩《きりやせんぱい》が考える顔をする。

「ユカリ、その写真をよく見せてくれるかな」

桐谷先輩《きりやせんぱい》に言われ、ユカリが写真を彼《かれ》に渡《わた》す。

「栞《しおり》、そこにあるルーペを貸《か》してくれ」

今度は中崎先輩《なかざきせんぱい》に指示《しじ》を出す。渡《わた》されたルーペで写真を拡大《かくだい》して見ていた桐谷先輩《きりやせんぱい》は、

「ん、これは」とつぶやくと、スマートフォンを取り出した。

「何よ、翔太郎《しょうたろう》。アンタわかったの」

「ああ……おそらくな」

　そう言ってスマートフォンで何かを調べていたが、「うん、やっぱり」と答えを見つけ出したようだった。

「写真の古さが気になってな……拡大《かくだい》したらわかったことがあった。まずこの場所だが、ユカリ、わかるか？」

「通学路ですよね」

「その通り。そして彼女《かのじょ》の脇《わき》をバスが通りすぎている……のだが、このバスの側面の表示《ひょうじ》を拡大《かくだい》してみると『㉘関町駅前行』とある」

「それがどうしたのよ。どう見たって普通《ふつう》のバスじゃないの」

「違《ちが》うんだよ、栞《しおり》。この『㉘関町駅前行』って路線のバスは、現在《げんざい》の市営《しえい》バスでは運行されていないんだ」

「どういうコト？」副部長は首をかしげる。

　桐谷《きりや》先輩《せんぱい》が美月《みつき》に写真を返す。

「酒井《さかい》さん。この写真に見覚えがない理由として、これは君ではない、という可能性《かのうせい》を考えてみたんだ。それで、この路線についてスマートフォンで調べたら、十年以上も前に廃《はい》止《し》されていたことがわかった」

「じゃあ翔太郎《しょうたろう》、この写真は何なのよ。まったくわからないわ。謎《なぞ》よ、謎《なぞ》！」

「そこで考えられることは……酒井《さかい》さん、もしかして君のお母さんは、凪中《なぎちゅう》の卒業生なんじゃないかな」

「あっ！」

その言葉で思い出した美月《みつき》は、写真をマジマジと見る。

——そうか。そういうコトなのか。

「そうです。母も凪中《なぎちゅう》の生徒でした。つまり……これって、私《わたし》の母なんですね」

「えー、そうなのぉ」とユカリがおどろいた声を出す。

「ねえ美月《みつき》、もう一度見せて……ああ、そっくりだあ」

写真の少女と美月《みつき》を交互《こうご》に見比《みくら》べて、ユカリはうんうんとうなずいている。

「ここからは推測《すいそく》にすぎないのだが」

そう言って桐谷先輩《きりやせんぱい》は自分の推理《すいり》を述《の》べる。

「この凪《なぎ》学園は百年以上の歴史があって、親も子も通っていたなんてことはよくある話だ。三代続けて凪《なぎ》学園の生徒だという話も聞いたことがある。そこで考えられるのは写真を撮《と》ったのは、その男子生徒のお父さんで、彼《かれ》も凪《なぎ》学園の出身だったんじゃないかな」

「じゃあ、この写真は、そのお父さんが凪《なぎ》学園の生徒だったときに「君のお母さんを撮《と》った、ということになる」

「ステキな話！」

桐谷先輩《きりやせんぱい》の推理《すいり》を聞いていたユカリが、目をキラキラさせている。

「ねえ、美月《みつき》。今日の凪《なぎ》フェスに、美月《みつき》のお母さんは？」

「そろそろ来ると思うけど」

「じゃあ、感動の再会《さいかい》ってワケね。なんかワクワクしちゃう」

「ユカリ、アンタがワクワクしてどうすんのよ」

「アハハ、そうですねえ」

その後、凪中《なぎちゅう》にやってきた母親に確認《かくにん》したところ、桐谷先輩《きりやせんぱい》の推理《すいり》の通り、写真の少女は母、酒井五月《さかいさつき》が凪中《なぎちゅう》に通っていたころのものと判明《はんめい》した。

美月《みつき》は、母親を連れて工藤《くどう》君の教室に向かう。ユカリが逐一報告《ちくいちほうこく》してくれたおかげで、ここに工藤《くどう》君と、その父親がいることはわかっていた。

親同士はおどろいた顔をしていたが、美月《みつき》がかんたんに自己紹介《じこしょうかい》してから写真を返すと、工藤《くどう》君の父親は目を細めて「それは、あなたのお母さんに差し上げようと思ったんですよ」と写真を再《ふたた》び、美月《みつき》の手に戻《もど》した。

「うっかり落としてしまい、あわてていたんです……それにしても娘《むすめ》さんは、あのころの五月《さつき》さんと瓜《うり》ふたつですね。彼女《かのじょ》が拾ってくれたのも、何かの縁《えん》かもしれません」

凪中時代《なぎちゅう》に写真部の部長だった工藤《くどう》君の父親は、美月《みつき》の母にモデルになってくれとお願いしたらしい。息子《むすこ》の学年名簿《めいぼ》から美月《みつき》とその母親の存在《そんざい》に気がつき、凪《なぎ》フェスのタイミングで本人に会えたら写真を渡《わた》そうと思ったそうだ。

「不思議な話、だよな」

はじめて工藤《くどう》君に声をかけられて、美月《みつき》は「うん」と答えることしかできない。

けれど美月《みつき》は思っている——これは運命に違《ちが》いないと。

Q 16

弘法《こうぼう》も筆のあやまり

凪中《なぎちゅう》二年A組の前田《まえだ》アツヒロは別名「天然の前田《まえだ》」と呼《よ》ばれている。

本人はいたってごくごく普通《ふつう》の中学生のつもりだが、クラスメイトたちいわく、言動に変なことが多いようで、いつしかそんな別名がつけられていた。まあ、みんなに愛されている証拠《しょうこ》でもあるから、呼《よ》ばれるがままにしていた。

カッ、カッ、カッ。

国語の時間。担任《たんにん》でもある小暮《こぐれ》先生が黒板にチョークで字を書く。

——弘法《こうぼう》も筆のあやまり。

「この言葉を知っている人はいますか」

「はいっ」と後ろから元気のいい女子の声。中崎栞《なかざきしおり》だ。

「書の達人である弘法大師《こうぼうだいし》でも書き間違《まちが》えることがある——ということで、どんな名人や達人でも失敗することがあるという意味です。たとえば」

と言って、彼女《かのじょ》は前田《まえだ》の方を指さす。

「あそこに座《すわ》っている、天才・桐谷翔太郎《きりやしょうたろう》でも、寝坊《ねぼう》しそうになった今日は、寝《ね》ぐせをつけたまま学校に来ています」

前田《まえだ》は、隣《となり》の席の桐谷《きりや》を見る。本当だ。後《うし》ろ髪《がみ》がピンとはねている。

アハハハ、と教室中から笑い声が起こる。

「うるせーなあ。ほっといてくれよ」

桐谷《きりや》本人は面倒《めんどう》くさそうにこたえるが、口元は笑っている。本気で怒《おこ》っているわけではないようだ。

「まあまあ。寝《ね》ぐせがあることが失敗であるとは言えませんが、中崎《なかざき》さんの答えは合っています。名人でも失敗する、ということです。同じようなことわざに、河童《かっぱ》の川流れや、猿《さる》も木から落ちる、なんてのもありますね……」

小暮《こぐれ》先生の解説《かいせつ》を聞きながら、前田《まえだ》は隣《となり》の桐谷《きりや》を横目で見ていた。

確《たし》かに桐谷《きりや》は弘法大師《こうぼうだいし》なみの天才だな……って弘法大師《こうぼうだいし》って誰《だれ》だっけ。

それに比《くら》べたら、オレなんか筆のあやまりどころか、あやまってばかりだ。

でもまあ、いいか。


次の授業《じゅぎょう》は数学だった。

「じゃあ先に、先週の小テストを返却《へんきゃく》するから、呼《よ》ばれた人は前に取りにきて」

数学の先生が名前を呼《よ》ぶと、ひとり、またひとりと立ち上がって取りにいく。

ああ、先週の数学は自信があったから、結構《けっこう》いい点数かも。

前田《まえだ》はそう思って期待に胸《むね》を膨《ふく》らませる。けれど五十音順で「前田《まえだ》」はずっと後ろの方だから、呼《よ》ばれるまでに時間がかかる。

「桐谷《きりや》」

呼《よ》ばれて、隣《となり》の天才が立つ。

ああコイツはまた満点なんだろうな——と前田《まえだ》は思っていたが、席に戻《もど》ってきた桐谷《きりや》の小テストの点数がチラリと見えたとき、えっ、と声をあげそうになる。

「50点」——そう書かれているのが見えたのだ。

天才の桐谷《きりや》が、半分しか取れなかったって……これぞリアル「弘法《こうぼう》も筆のあやまり」じゃないか。

オレだって、先週の小テストは結構《けっこう》がんばったから、60点はとれる自信があるぞ。

おおお、ついに桐谷《きりや》を抜《ぬ》く日が――前田《まえだ》の時代が来たというのか。

「前田《まえだ》」

呼《よ》ばれて前田《まえだ》は立ち上がる。勝利を手にするまで、あと数秒だ。

だが、返却《へんきゃく》された用紙の点数を見て、前田《まえだ》は「あ……」と、重大なことに気づく。

返ってきたテストは30点。

「このテスト……50点満点だったんだ」

Q 17

ウエストミンスターの鐘《かね》

誰《だれ》だって、得意な科目もあれば、苦手な科目もあるだろう。

たとえば、数学が得意な生徒は、国語が苦手だったりする。

また国数英理社の主要五科目がまるでダメでも、実技《じつぎ》科目、たとえば体育がズバ抜《ぬ》けて得意な生徒だっている。つまり、十人十色《じゅうにんといろ》、千差万別《せんさばんべつ》。

それでも、誰《だれ》もが等しく同じ授業《じゅぎょう》を受けなければならないから大変だ。得意な科目は退《たい》屈《くつ》せずに五十分があっというま間かもしれないが、苦手だったら、それはそれは苦痛《くつう》な五十分になる。

さて本日、凪中《なぎちゅう》二年A組の木曜六時間目は、自分たちの教室ではなく、実技《じつぎ》科目専用《せんよう》の教室——音楽室で行われていた。

カーペットがしきつめられた床《ゆか》、周囲の壁《かべ》には無数の小さい穴《あな》があいている。これは音の反響《はんきょう》を少なくする効果《こうか》があるらしい。

Ａ組の生徒は楽譜《がくふ》のついた教科書を見ながら、ピアノの伴奏《ばんそう》に合わせて歌っている。

バーン♪

ピアノの伴奏《ばんそう》が終わって、生徒たちは顔を上げる。

「うーん、男子はもうちょっとがんばって声を出してください」

そう指摘《してき》したのは服部令子《はっとりれいこ》先生。凪《なぎ》学園中等部の音楽講師《こうし》だ。

声楽家として音楽活動もしているという服部《はっとり》先生は、週に二度、凪中《なぎちゅう》を訪《おとず》れて二年生に音楽を教えている。ちなみにご主人も有名な声楽家だ。

「じゃあ最後に、もう一度はじめから歌いましょう」

「えー」

明らかに不服そうな、低い声が教室の後ろから聞こえる。

「誰《だれ》ですか、今のブーイングは」

明らかに自分の授業《じゅぎょう》への抗議《こうぎ》であるのに、服部《はっとり》先生はニコニコとしている。そういえば先生が怒《おこ》ったところを見たことは、一度もなかった。一部の女子たちから「仏《ほとけ》の服部《はっとり》先生」という、ありがたいんだか、ありがたくないんだか、よくわからないニックネームまでつけられている。

「今のオレでーす」

素直《すなお》に手を挙げたのは、「天然の前田《まえだ》」だった。

「前田《まえだ》君ね。どうして『えー』なのかしら？」

「だって先生、もう七回もこれを歌ってるんですよ。友だちとカラオケに行って、同じ曲を七回も歌ったら、マイクを取り上げられちゃいますよ」

アハハハ！

前田《まえだ》の抗議《こうぎ》に、クラスメイトが笑い出す。

服部《はっとり》先生も笑っていた。

「そおねえ、私《わたし》もカラオケはたまに行って歌うけど、もし七回も連続して同じ曲を歌ったら自分でも飽《あ》きちゃうかもしれないわね。でもここはカラオケボックスじゃなくて、凪中《なぎちゅう》の音楽室。六時間目の音楽の授業《じゅぎょう》は、みんなにこの歌を正しく歌ってもらうのが目的なの。次の八回目で終わりにしますから、がんばって歌いましょう」

にこやかに話す服部《はっとり》先生の言葉を聞いていると、「じゃあ、そうしよう」という気持ちになってしまうから不思議だ。だから生徒たちは自然とそれに従《したが》っているのだが、今日だけは天然の前田《まえだ》も引き下がらない。

「服部《はっとり》先生、質問《しつもん》です」

「なにかしら？」

「どうして学校では、音楽の授業《じゅぎょう》があるんですか？　……あいや、オレ、この授業《じゅぎょう》が嫌《きら》いってワケじゃないんですよ。むしろ好きです。でもほら、国語とか、数学とか、英語とかは受験科目だし、これからの人生に今すぐ必要な知識《ちしき》だとわかります。あと実技《じつぎ》科目でも体育は身体《からだ》を動かす必要があるし、技術《ぎじゅつ》・家庭科も生活のために必要です。でも……」

「なるほど、前田《まえだ》君の意見はするどいわね。つまり、音楽や美術《びじゅつ》といった、芸術《げいじゅつ》を扱《あつか》う授《じゅ》業《ぎょう》は、将来《しょうらい》、役に立たないんじゃないかっていう考えね？」

「音楽大学に進学したいとか、ミュージシャンになりたいって人には必要だと思いますよ。たとえば大藪《おおやぶ》なんかは、ロックミュージシャンを目指してるし」

「お、オレのことは今、どうでもいいだろが！」

いきなり名前を出された大藪《おおやぶ》があわてる。そのやり取りにクスクスと笑い声が起こる。

「でも先生、たとえばオレは音楽大学に行く気はないし、将来《しょうらい》は世界を股《また》にかけたビジネスマンになろうと思ってるんです。そこで音楽は必要なのかなあ……って」

「そうねえ」

ポロン♪

服部《はっとり》先生がピアノを鳴らす。

「たとえば、国語力が社会に出るために必要なのは、みんなもわかるわよね。漢字の読み書き、文章を作成する。ＩＴ技術《ぎじゅつ》が発達しても、最後は人間がやらなくてはいけない作業があるの。数学もしかり、英語なんか、国際的《こくさいてき》に活躍《かつやく》したいのであれば前田《まえだ》君には一番必要ね」

「先生、前田《まえだ》のやつ、英語の成績《せいせき》はクラスでビリでーす」

「うっせーよ、大藪《おおやぶ》！」

さっきの仕返しとばかりに大藪《おおやぶ》がバラす。今度は前田《まえだ》があわて、その姿《すがた》にみんなもいよいよゲラゲラと笑い出す。

「音楽の先生が言えた立場ではないけど、英語はもう少しがんばった方がいいわね、前田《まえだ》君。……ところで君は、どうしてカラオケに行くのかしら？」

「え？」

突然《とつぜん》の質問《しつもん》に、前田《まえだ》が考《かんが》え込《こ》む。

「ええと、それはまず、楽しいからだと思います」

「なるほど。どうして楽しいと思うの？」

「みんなで歌って、たまには踊《おど》って、ストレスが発散できるし、あといい歌を歌ったり聞いたりすると感動するじゃないですか。大藪《おおやぶ》の歌なんかマジ、感動しますよ」

「それはいいことね！　私《わたし》も、音楽の授業《じゅぎょう》では、その感動のお手伝いを少しでもできたらな、と思っているの。それに将来《しょうらい》、前田《まえだ》君が国際的《こくさいてき》なビジネスマンになったら、音楽の知《ち》識《しき》がないとパーティの会話で困《こま》るかもしれないわよ。もちろん、すべて英語でのコミュニケーションが前提《ぜんてい》ですけどね」

服部《はっとり》先生は、前田《まえだ》の質問《しつもん》に答えながら、他の生徒たちにも伝えていたのだ。

——音楽は必要のない教科に思えるかもしれないけれど、感動するための手助け、社会に出たときの素養《そよう》として必要なんだ、ということを。

「なるほどぉ……」

前田《まえだ》は感心したようにウンウンとうなずいている。

「あ、でも先生、最後にもうひとつだけ質問《しつもん》です。授業《じゅぎょう》の前半で聞いたクラシックってやつ、これも国際《こくさい》社会に出るときに必要ですか」

「ええ、もちろん」先生がニッコリ笑う。

「でもオレ、聞いてるといつも眠《ねむ》たくなっちゃうんですよ。歌がないし、メロディーも正直よくわからないし……そんな昔の曲を聞いていて、それが必要なのかなって。できれば今のJポップとか聞きたいし、歌いたいってのが本音です」

「あら、前田《まえだ》君がカラオケで歌っている今の歌も、何百年後には『昔の歌』になるのよ。それに何百年も前の曲が楽譜《がくふ》に残っていて、それが現代《げんだい》に再現《さいげん》されるなんて、すてきなことだなって私《わたし》は思いますよ」

――キーンコーンカーンコーン♪

先生がそう言ったタイミングで、授業《じゅぎょう》の終わりを告げるチャイムが鳴った。

「あら、話しているウチに終わっちゃいましたね。でも最後に有意義《ゆういぎ》な話ができて、私《わたし》はちょっとうれしかったです。じゃあ、宿題をひとつ出します」

「えー」「音楽の授業《じゅぎょう》で宿題って」「ありえないー」

さっき以上にブーイングが上がるが、服部《はっとり》先生は動じず笑顔《えがお》のままだ。

「レポート提出《ていしゅつ》とか、そんな面倒《めんどう》な宿題ではないので安心してください。先生も今の前田《まえだ》君との会話でふと気づいたんだけど……、みなさんにはこれまで、どんな現代《げんだい》の曲よりも聞いているクラシックの曲があるんです。おそらく一万回以上は聞いているかしら。それは何か？　来週までに見つけてくるのが宿題です」

「一万回⁉」

中崎栞《なかざきしおり》がどこまでも響《ひび》くような大声をあげる。

「一年が三百六十五日。私《わたし》は十四歳《さい》だから、生まれてから五千日近く生きてきたけれど、一万回以上ってあり得るんですか⁉」

「ふふ、それがあり得るんですよ、中崎《なかざき》さん。がんばって見つけてきてくださいね」

こうして服部《はっとり》先生は二年A組に大きな「謎《なぞ》」を残して授業《じゅぎょう》を終えたのだった。

放課後。Ｑ部のホワイトボードには今日の議題が書かれている。

生まれてから一万回以上聞いてきたクラシック曲とは？


「翔太郎《しょうたろう》。さっきはめずらしく何も答えなかったけれど、アンタもわからなかったの？」

「オレだって知らないことはある」

「じゃあ、これがわかったら翔太郎《しょうたろう》以上の天才ね！　さあ、みんなで考えるわよ！」

みんな、とひとくくりにされたユカリと優也《ゆうや》がそろそろと手を上げる。

「あのぉ、栞先輩《しおりせんぱい》」

「オレたちも考えるんすか？」

「当然よ、Ｑ部なんだから。さて、アタシがさっきの授業《じゅぎょう》で気がついたのは、これまで生きてきた日数で考えると、一日二回くらいは聞いている計算になる、ということよ」

「えーっと」

「クラシックっすか。だってオレ、普段《ふだん》クラシック聞かないっすよ」

「それでも服部《はっとり》先生は聞いてきているはずだって言うのよ。アンタたちは一歳《さい》下だからアタシと翔太郎《しょうたろう》よりは少ないと思うけどね」

うーん……と考える沈黙《ちんもく》が、Q部の部室を支配《しはい》する。ネコのバロンが、クウウウと大きく伸《の》びをした。

「だったら栞先輩《しおりせんぱい》、有名なクラシックの曲を挙げていきましょうよ」

「そうね。じゃあユカリから、知ってる曲を言って」

栞《しおり》は立ち上がり、ホワイトボードのペンを手にした。

「まずはベートーベンですよね。あの……ジャジャジャジャーン♪って」

「交響曲《こうきょうきょく》第五番『運命』ね。うん、これはよく聞くクラシックだわ」

「それとベートーベンなら、年末によく聞く……ええと、ええと」

「第九っていうヤツっすよ、それ」

「そうそう、第九よ、第九」

栞《しおり》がホワイトボードに「運命」「第九」と書いていく。

「でも栞先輩《しおりせんぱい》、この二曲は超有名《ちょうゆうめい》っすけど、一日に二回も聞かないっすよね？」

「うーん、そうなのよねえ。じゃあ、そのほかのクラシックはどうかしら」

栞《しおり》の問《と》いかけに、優也《ゆうや》とユカリは次々と思いつく作曲家の名前と、曲名は知らないがよく知られたメロディーを口ずさむ。

バッハ。モーツァルト。チャイコフスキー。

でも、どれを挙げたとしても、服部《はっとり》先生が言った「一万回は聞いているクラシック」とは思えず、三人はウーンと腕組《うでぐ》みをして唸《うな》ってしまう。

「ねえ翔太郎《しょうたろう》、アンタ黙《だま》って見てないで、何か言ったらどうなのよ」

「考えてるんだ。一日に平均《へいきん》二曲ってことは、必ずどこかで聞いたことのあるメロディーのはず。もしかしたら、当たり前すぎて意識《いしき》していないものかも……でも」

うーん、と翔太郎《しょうたろう》も考《かんが》え込《こ》んでいる。

どうやら服部《はっとり》先生の宿題は、Q部の部長、桐谷翔太郎《きりやしょうたろう》までも悩《なや》ませる難問《なんもん》だったようだ。

考えること一時間ちょっと、無情《むじょう》にも下校時刻《じこく》を告げるチャイムが響《ひび》く。

——キーンコーンカーンコーン♪

すると翔太郎《しょうたろう》が、ぱっと明るい顔をした。

「そうか。わかったぞ!」

翔太郎《しょうたろう》はスマートフォンで調べ始める。

「答えは『ウエストミンスターの鐘《かね》』だ」

「何よそれ、聞いたことないわよ、そんな曲」

「曲名を知らなかっただけだ。今、学校中で鳴《な》っている『キーンコーンカーンコーン♪』ってメロディー、『ウエストミンスターの鐘《かね》』っていうんだ」

「へえええ」

栞《しおり》たちはおどろきの声をあげた。

翔太郎《しょうたろう》がスマートフォンに表示《ひょうじ》された情報《じょうほう》をかいつまんで説明してくれる。

「諸説《しょせつ》あるらしいが、十八世紀終わりごろ、イギリスでウィリアム・クロッチという人物によって作られ、一八五九年にビッグ・ベンでこのメロディーが鳴らされた。日本では戦後の一九五〇年代に、このメロディーが学校のチャイムとして普及《ふきゅう》したようだ。クラシックのコンサートでも、ほら、こんな風に演奏《えんそう》されているのがある」

翔太郎《しょうたろう》のスマートフォンに動画が再生《さいせい》される。「キーンコーンカーンコーン♪」のメロディーを演奏《えんそう》しているオーケストラだ。

「これをクラシックと呼《よ》ぶかどうかは議論《ぎろん》が必要だろうが、こうして二百年以上前に作られた曲が、毎日学校で流れていたんだ」

「なるほどぉ一」と栞《しおり》が反応《はんのう》する。

「少なくとも学校では一日に十回は鳴っているわ。朝の予鈴でしょ。各授業《じゅぎょう》の始まりと終わり。それに休み時間や給食、今だって下校時間を告げるチャイム。授業《じゅぎょう》が年間二百日だとすると、一年に二千回は聞いている。それを初等部から今までの年数をかけると……一万回は軽く超《こ》えることになるわね！」

「ああ、そうだな」

栞《しおり》の言葉にうなずきながら、翔太郎《しょうたろう》の頭には、もうひとつある考えが浮《う》かんでいた。

服部《はっとり》先生はこの宿題を出すことで、クラシックのことをもっと知ってもらおうと思ったに違《ちが》いない。事実、この一時間でQ部は、さまざまなクラシックのことを話し合ったのだから。

Q 18

初日の出を見に行こうぜ

もう間もなく今年が終わり、新しい年がやってくる。

十二月三十一日——大晦日《おおみそか》の夜のこと。

凪中《なぎちゅう》二年A組、前田《まえだ》アツヒロはこたつに入り、TVのバラエティ番組を見ていた。近所のお寺から、ゴォオオオン……と除夜《じょや》の鐘《かね》が聞こえてくる。

（ああ、今年も終わりかあ）

二年生になったと思ったら、あっという間に夏休み、でもって文化祭やら定期テストやらで、気がつけば今年が終わっていく。

「よっしゃあ、オレは今年これをやったぞ！」っていう実感がないまま、一年がすぎてしまった気がする。あ、これ毎年思ってるな。

あーあ、来年の大晦日《おおみそか》もこんな風に嘆《なげ》いてるのかな。

なんて不毛なコトを考えてるウチに……あ、新しい年になっちゃったよ。
コタツに置いていたスマホが鳴る。
《大藪《おおやぶ》：あけおめことよろ〜》
おっ、大藪《おおやぶ》からグループメッセージだ。
《西野《にしの》：今年も4649！》
次は西野《にしの》からか。うんうん。よし、オレも返事をせねば。
《前田《まえだ》：いい年にしような〜》
無難《ぶなん》なメッセージだったが、すぐに既読《きどく》のマークがつき、質問《しつもん》が飛んでくる。
《大藪《おおやぶ》：どんな年にするの？》
《前田《まえだ》：何か、いつもと違《ちが》うことをしたい！》
《西野《にしの》：だったら、初日の出を見に行こうぜ》
「お、いいね！」
前田《まえだ》がスマホ片手《かたて》に声をあげると、大藪《おおやぶ》からも《おお〜いいねえ》とメッセージが飛んでくる。

《前田《まえだ》：オレも行く！》
《西野《にしの》：じゃあ決定ってことで》
「あけおめメッセージ」をやりとりしているうちに、初日の出を見に行く計画が立ち上がった。今年は行動的な年になるかも？　わくわくしていると、再《ふたた》びメッセージ。
《大藪《おおやぶ》：で、どこで見る？》
うーん、と前田《まえだ》は考える。
オレたちの街は海沿《うみぞ》いにあるし、ちょっと高いところに上がれば、海から上がってくる初日の出を拝《おが》めるはず。
《前田《まえだ》：じゃあさ。凪中《なぎちゅう》の校門前に、日の出前の六時三十分に集合して、それから高台にある「海が見える丘《おか》公園」まで行こうぜ。海から上がる初日の出を見よう》
《大藪《おおやぶ》：天然の前田《まえだ》にしてはいい案じゃん！　公園までは遊歩道を歩いたらすぐだし、いいんじゃないか》
《西野《にしの》：じゃあ、六時間後に凪中《なぎちゅう》でな》
《前田《まえだ》：寝坊《ねぼう》して遅刻《ちこく》するなよ！》

そんなやり取りをしてから、およそ六時間後。

「うーっ、さみいいいいいいっ!」

寒さに声をふるわせて、三人は凪中《なぎちゅう》の校門前に集まっていた。

三人とも昨夜は二時すぎまで起きていて寝不足《ねぶそく》だったが、初日の出を見るという使命に燃《も》えていたから目はかがやいている。連れだって学校近くの「海が見える丘《おか》公園」まで歩いていくと、周囲が徐々《じょじょ》に明るくなってきた。日の出時刻《じこく》が迫《せま》っている。

「さあ、公園に到着《とうちゃく》したぞ。海から上がる初日の出を見て、感動的な一年にするぞ!」

前田《まえだ》は興奮《こうふん》を抑《おさ》えきれないでいる。

だが、大藪《おおやぶ》と西野《にしの》は異変《いへん》に気がついていた。

大藪《おおやぶ》が言う。

「なあ前田《まえだ》……この公園から見える海って、太陽がしずむ方じゃねえの?」

「あ……」

初日の出は、彼《かれ》らの背後《はいご》、山の方から上がってきたのだった。

Q 19

チョコレート裁判《さいばん》

放課後のQ部の部室で「チョコレート裁判《さいばん》」が行われている。

被告《ひこく》は、竹ノ内優也《たけのうちゆうや》。

原告は、木佐貫《きさぬき》ユカリ。

裁判員《さいばんいん》は、部長の桐谷翔太郎《きりやしょうたろう》と、副部長の中崎栞《なかざきしおり》がつとめる。といっても、いるのは以上の四名と一匹《いっぴき》のみ。ネコのバロンは何ごとかとキョロキョロしている。

「竹ノ内優也《たけのうちゆうや》は……」

ユカリが優也《ゆうや》を指さす。

「ワタシが机《つくえ》に置いておいたチョコレートを、自分が持っていたチョコレートにすり替《か》えたんです。けれど彼《かれ》はそれを認《みと》めず、黙秘《もくひ》しています」

「………」

優也《ゆうや》は黙《だま》ったままだ。

「確認《かくにん》したい」

すっと翔太郎《しょうたろう》が手を挙げる。

「今回の事件《じけん》について、最初から説明してもらおう。すり替《か》えるという意味もよくわからないしな」

「わかりました」

ユカリは立ち上がり、話し始める。


まず、どうしてチョコレートが机《つくえ》にあるのか。

それは凪中《なぎちゅう》に通う、すべての生徒が知っているはずです。生徒だけじゃなく、ここにいるバロンだって、知っていると思います。

今朝《けさ》、駅から凪中《なぎちゅう》に向かう途中《とちゅう》に、人だかりができていました。

新しくできたコンビニで、開店イベントをやっているのだろう。そう思いながら近づいていくと案の定、店の人が何か配っていました。

てのひらサイズの、細長くて赤い箱——あれはもしかして。

コンビニの前に行くと「本日開店でーす」と、チョコレートを手渡《てわた》してくれました。

「ユカリ、おはよ」

振《ふ》り向《む》くと、後ろに栞先輩《しおりせんぱい》がいました。チョコレートが大好物の栞先輩《しおりせんぱい》も、もちろんそれを受けとっていました。

「先輩《せんぱい》、おはようございます」

ワタシも挨拶《あいさつ》して、一緒《いっしょ》に行こうと思ったら、栞先輩《しおりせんぱい》は何か思い出したようです。

「あ、ユカリごめん。ちょっと用があるから先に行ってて」

そう言って栞先輩《しおりせんぱい》は引き返していってしまいます。

忘《わす》れものでもしたのかな、それともあのコンビニで何か買うのかな……。

そんなことを考えながら先輩《せんぱい》と別れて学校に向かおうとすると、すぐ前をバロンが歩いていました。朝のお散歩だったのでしょう。

「バロン、おはよ」

ワタシが声をかけると、ちょっとだけワタシの方を見てくれました。

それが、今朝《けさ》の出来事です。

ワタシだけでなく、今日は凪中《なぎちゅう》の生徒みんながチョコレートを持っていたはずです。お菓子《かし》を学校に持ってきてはいけないルールなので、みんなカバンに隠《かく》して、家まで持って帰ったとは思いますが。

放課後になり、ワタシはいつもの通りQ部に向かいました。カバンの中には、今朝《けさ》もらったチョコレート。これ、八個《こ》入りなんですね。

Q部のみんなとこっそり食べようと思ったワタシは、部室に入るとカバンからチョコの箱を出して机《つくえ》の上に置きました。それが、二十分ほど前のことです。

部屋にいたのは、竹ノ内優也《たけのうちゆうや》だけでした。あ、バロンもいましたね。

「チョコか。オレももらったけど、食べずに家に持って帰るわ」と優也《ゆうや》は言いました。

すると、バンと勢《いきお》いよく部室のドアが開いて、栞先輩《しおりせんぱい》が入ってきました。

「朗報《ろうほう》よ。まだチョコが配られてるって」

チョコに目がない栞先輩《しおりせんぱい》にとっては、うれしい情報《じょうほう》だったのでしょう。

「アンタたち、コンビニに行くわよ。急がないと、なくなっちゃう！」

「いやあ、オレはもういいっすよ」と断《ことわ》った優也《ゆうや》を部室に残し、ワタシと栞先輩《しおりせんぱい》はカバンを机《つくえ》に置いて、コンビニへと走りました。

でも、あと一歩間に合わず、ワタシたちがコンビニに辿《たど》り着《つ》いたときにはもうチョコの配布《はいふ》が終わっていました。ガッカリしながら部室に戻《もど》ってきたのは言うまでもありません。

その途中《とちゅう》、私《わたし》は一年A組のクラスメイト——酒井美月《さかいみつき》に声をかけられ、明日の授業《じゅぎょう》のグループ発表について相談を受けることになって……栞先輩《しおりせんぱい》は「先に部室に戻《もど》ってるね」と、行ってしまいました。

美月《みつき》と五分くらい立ち話をしてから部室に戻《もど》ると、優也《ゆうや》がひとりでいました。「あれ、栞先輩《しおりせんぱい》は？」と聞くとトイレに行ったそうで、間もなく栞先輩《しおりせんぱい》はカバンを持って戻《もど》ってきました。そのあと翔太郎先輩《しょうたろうせんぱい》もやってきました。

机《つくえ》の上のチョコレートを見ると……これ、ワタシのではないんです。

なぜ、ワタシのチョコレートではないと断言《だんげん》できるかって？

その質問《しつもん》には、はっきりと答えさせていただきます。

ワタシは、コンビニのオープン記念でもらったチョコレートを、Q部に持ってくる前に開けて、ひとつだけ食べたんです。八個《こ》入りのうちのひとつを。

優也《ゆうや》、もうわかったわね。今、机《つくえ》の上にあるチョコレートの箱は開封《かいふう》されてないのよ。

これはつまり、ワタシと栞先輩《しおりせんぱい》がいない間に、「封《ふう》を切ってひとつ食べた箱」から「封《ふう》を切っていない新品の箱」に、誰《だれ》かがすり替《か》えたことになる。

栞先輩《しおりせんぱい》は部室に戻《もど》ってすぐにトイレに行った。翔太郎先輩《しょうたろうせんぱい》は今さっき来たばかり。だとすると、チョコレートをすり替《か》えるチャンスがあったのは、優也《ゆうや》、あなたしかいない。

それとワタシたちがいないときに、警備《けいび》の西《にし》さんがバロンの様子を見に部室にやってきたらしいわね。部室に戻《もど》る途中《とちゅう》、栞先輩《しおりせんぱい》は西《にし》さんに会ったそうよ。

さて、竹ノ内優也《たけのうちゆうや》。

謎《なぞ》は、あなたがチョコレートをすり替《か》えた理由よ。

ワタシはこう推理《すいり》するわ。

あなたがひとりで部屋にいたとき、西さんが訪《たず》ねてきたのでチョコレートをワタシのカバンに戻《もど》して隠《かく》そうとした。校内にお菓子《かし》を持《も》ち込《こ》んではいけないルールがあるからね。

でも、そのカバンは栞先輩《しおりせんぱい》のものだった。先輩《せんぱい》はあなたがチョコレートを入れたことは知らず、自分のカバンを持ってトイレに行ってしまった。

今、先輩《せんぱい》のカバンには、優也《ゆうや》が入れたワタシのチョコレートが入っているはずです。

そして優也《ゆうや》。ミスに気づいたあなたは、自分のカバンからチョコレートを取り出して、机《つくえ》の上に置いた。こうすれば、チョコレートはずっと机《つくえ》に置かれていたことになる。

でも、もともと机《つくえ》に置かれていたチョコレートが開封《かいふう》してあったことまでは気がつかなかったみたいね。

無実を証明《しょうめい》したいのなら、あなたのカバンからチョコレートを出してみなさいよ。

さっきあなたは「食べずに家に持って帰るわ」って言ってたから、あるはずよね。

さあ優也《ゆうや》、どうなの。


「チョコレート裁判《さいばん》」は佳境《かきょう》に入っていた。

ユカリの証言《しょうげん》を聞きながら、優也《ゆうや》は黙《だま》ったまま、あせっている。


ううう、困《こま》った。ユカリの推理《すいり》はズバリ、当たっている。

たしかにオレは、自分のチョコレートとすり替《か》えた。理由も彼女《かのじょ》の言う通りだ。

オレはみんなよりも早くQ部の部室にいた。翔太郎先輩《しょうたろうせんぱい》にちょっと遅《おく》れてくると昼休みに聞いていたので、オレが職員室《しょくいんしつ》でカギを受けとって解錠《かいじょう》したのだ。

室内にはバロンがいた。最初のころは密室《みっしつ》にネコがいることにおどろいたが、今となっては当たり前の光景だ。

コンコンとドアをノックする音。

「失礼しまぁす」

木佐貫《きさぬき》ユカリが、気《け》だるそうに入ってきた。

机《つくえ》の上に通学カバンを置くとファスナーを開け、中をゴソゴソやっている。

取り出したのは、オレも今朝《けさ》、学校に行く途中《とちゅう》でもらったチョコレートだった。

「これ、みんなで食べようと思って」

ユカリは、そう言ってチョコの箱を机《つくえ》の上に置いた。

「チョコか。オレももらったけど、食べずに家に持って帰るわ」とオレは答えた。

すると、廊下《ろうか》の奥《おく》からタタタ……と駆けてくる足音がして、バン、とドアが開かれた。

「朗報《ろうほう》よ。まだチョコが配られてるって」

栞先輩《しおりせんぱい》が目をかがやかせて、駆《か》け込《こ》んできたのだ。

「本当ですかぁ」

ユカリも弾《はず》む声で反応《はんのう》する。どうやら女子たちはチョコに目がないらしい。

「アンタたち、コンビニに行くわよ。急がないと、なくなっちゃう！」

そう言って通学カバンを机《つくえ》の上――ユカリのカバンの隣《となり》に置いた。

「行きましょう、栞先輩《しおりせんぱい》」

ユカリが立ち上がる。

「優也《ゆうや》、アンタも行く？」

栞先輩《しおりせんぱい》は誘《さそ》ってくれるが、オレは断《ことわ》った。

「いやあ、オレはもういいっすよ」

そうなのだ。実のところチョコレートは、目をキラキラさせるほどの好物ではない。食べすぎると顔にニキビがたくさんできてしまうから、ちょっとでいいのだ。

断《ことわ》るオレに、栞先輩《しおりせんぱい》は嫌味《いやみ》のひとつでも言うかと思ったが、それよりもチョコレートをもらいに行きたい気持ちの方が勝ったようだ。

「あっそ、だったらアタシとユカリで行ってくるから。留守番《るすばん》よろしくっ!」

びゅんっと音が聞こえそうな勢《いきお》いで、栞先輩《しおりせんぱい》とユカリは部室を飛び出していった。

「やれやれ。女子はチョコレートと聞くと加速する機能《きのう》があるんだな……」

呆《あき》れるように、オレはバロンに話しかけた。

ネコだがバロンも男である。共感してくれると思ったのだ。

と、ここまでは、ほのぼのとしたQ部の日常《にちじょう》なのだが、そのあと大変な展開《てんかい》になってしまう。

留守番《るすばん》をはじめてから十分ほどたったころだろうか、トントンとノック音。

「警備《けいび》の西《にし》です」

予想外の来訪者《らいほうしゃ》に「あ、はい!」と答えて、西《にし》さんを迎《むか》え入《い》れようとしたが、目の端《はし》に赤い箱が見えた。とっさに、

「あ、ちょっと待ってください」と西《にし》さんを止める。

このチョコレートの箱、見られたらマズイんじゃないか?

凪中《なぎちゅう》はお菓子《かし》を持ってくることが禁《きん》じられている。

バロンという共通の秘密《ひみつ》があるとはいえ、校則違反《こうそくいはん》を堂々とやっていては西《にし》さんも注意せざるを得ないだろう——そう思ったオレはこのとき、どういうわけか自分のポケットに入れるという判断《はんだん》ができなかった。

ユカリが机《つくえ》の上に置いたチョコレートの箱を、いったん彼女《かのじょ》のカバンの中に戻《もど》そう。カバンを勝手に開けたと知られたら怒《おこ》られるのはわかっているが、今は非常時《ひじょうじ》だ。理由を説明すればユカリだってわかってくれるだろうし、西《にし》さんが立ち去ったあとに取り出しておけば、カバンを開けたこともバレないだろう。

カバンのチャックを少し開け、チョコレートを中に押《お》し込《こ》んだ。

「えーと、まだかな？」

「どうぞ、入ってください」と西《にし》さんに答えた。

バロンの様子を見にきたという西《にし》さんは、ただ愛猫《あいびょう》の頭を撫《な》でただけで「じゃあ」と言って去っていく。

入《い》れ替《か》わりで入ってきたのは栞先輩《しおりせんぱい》だった。

なぜか、おかんむりのご様子。

「あぁもう！　チョコの配布《はいふ》、終わってたのよぉ」

言いながら、机《つくえ》に置かれたカバンを手に「トイレ行ってくる」と出ていってしまう。

さっきとうってかわって不機嫌《ふきげん》な栞先輩《しおりせんぱい》におびえながらも、さて、カバンに戻《もど》したユカリのチョコレートを元に戻《もど》そう……

としたところで、大変なことに気づく。

あれ？　カバンがない。

正確《せいかく》には、カバンはある。だが、さっきと置いてある場所が違《ちが》う。

オレがチョコレートを入れたカバンって、もしかして……。

背中《せなか》に冷たい汗《あせ》が流れているのがわかる。

オレはとてつもなく致命的《ちめいてき》なミスを犯《おか》してしまったようだ。

西《にし》さんの来訪《らいほう》にあわてて、机《つくえ》の上の「ユカリのチョコレート」を「栞先輩《しおりせんぱい》のカバン」の中に入れてしまったのだ。同じ形、同じ色の通学カバンだから区別できなかった。

どうしよう……。

隠《かく》したという判断《はんだん》は間違《まちが》っていないはずだが、栞先輩《しおりせんぱい》のカバンを勝手に開けてしまった事実が判明《はんめい》したら、先輩《せんぱい》のことだ、烈火《れっか》の如《ごと》く怒《いか》り狂《くる》って……。

ああ、ヤバイ。これはかなりヤバイことになるぞ。

どうしよう。オレは必死に考えて、ひとつの策《さく》を見出《みいだ》した。

オレもチョコレートをもらっていたんだ。代わりにそれを置けばいいではないか。

栞先輩《しおりせんぱい》のカバンに入れてしまったチョコレートは、「そんなの知りません」とシラを切り続ければ、ごまかせるだろう。うん、これでなんとか切《き》り抜《ぬ》けられそうだ！

オレはカバンを開けて「自分がもらったチョコレート」を取り出し、さっきユカリが置いた場所に置いた。

次の瞬間《しゅんかん》に——コンコンとノック。ユカリが入ってくる。

やったあ、間一髪《かんいっぱつ》でセーフ！

だと思ったんだけどなあ……。


Q部の部室が、沈黙《ちんもく》に支配《しはい》されている。

それは疑《うたが》いをかけられた竹《たけ》ノ《の》内《うち》優也《ゆうや》が黙秘《もくひ》を続けているからであり、その彼《かれ》の様子を周囲が黙《だま》って見ているからでもある。

耐《た》えきれずにユカリが声をあげる。

「ねえ優也《ゆうや》、そうなんでしょ。机《つくえ》に置いてあったワタシのチョコを、自分が持っていた開《かい》封《ふう》前のチョコにすり替《か》えたんでしょ」

「…………」

「どうなのよ、優也《ゆうや》。それにアンタ、ユカリの推理《すいり》の通り、本当にアタシのカバンを開けて……チョコを入れたっていうの？　アタシのカバンの中を勝手に見たっていうの？」

引きつったような顔をして、栞《しおり》が問《と》い詰《つ》める。

「…………」

優也《ゆうや》は苦悶《くもん》する。

それを認《みと》めたら、栞先輩《しおりせんぱい》、あなた……モーレツに怒《おこ》るでしょう？

あああ、どうしよう。

どうしよう。

再《ふた》び沈黙《ちんもく》、だが突然《とつぜん》それは破《やぶ》られることになる——翔太郎《しょうたろう》の言葉で。

「犯人《はんにん》はオレだ」

「へ⁉」

思わず優也《ゆうや》は気の抜《ぬ》けたような声を発してしまう。

だって、翔太郎《しょうたろう》が犯人《はんにん》として名乗りをあげるとは思わなかったから。

「う、うそぉ……翔太郎先輩《しょうたろうせんぱい》が、チョコをすり替《か》えたんですかぁ？」

ユカリはおどろいて目を大きくしている。

「ほら……これが君のチョコだ。開封《かいふう》してあるだろ」

翔太郎《しょうたろう》が、自分のカバンからチョコを取り出す。

たしかに封《ふう》が切られているチョコだった。

「い、いつの間にすり替《か》えたのよ、翔太郎《しょうたろう》。アンタ最後に入ってきたじゃない」

「順番は関係ない。お前らがよそ見をしてるうちに、ササッとな」

「そ、そうなんですかぁ。でも翔太郎先輩《しょうたろうせんぱい》、どうしてそんなことを」

女子ふたりは急展開《きゅうてんかい》にあわてている。優也《ゆうや》も言葉が出なかった。

「このチョコは八個《こ》入りだろ。四人で割《わ》ったら、ひとり二個《こ》ずつ平等に分けられる」

「ああ、確《たし》かにそうですねえ」

「だがユカリが一個《こ》食べたから、七個《こ》となり、均等《きんとう》に割《わ》れなくなる。そうなると『アタシの分が少なくなるかも』と、チョコ好きの誰《だれ》かが怒《おこ》るかもしれないからすり替えた」

「ちょっと翔太郎《しょうたろう》。アンタ、何を言ってんのよ」

栞《しおり》が立ち上がった。

「その誰《だれ》かって、アタシのこと？　失礼よ、翔太郎《しょうたろう》。アタシがチョコに対して、そんなに意地汚《いじきたな》いとでも思ってるの」

栞《しおり》はムキになって抗議《こうぎ》するが、さっきの引きつったような顔ではなかった。

「まあまあ、こうして八個《こ》入りに戻《もど》したんだから、均等《きんとう》にひとり二個《こ》ずつ分けていただくとしよう。チョコがいらないというのなら、栞《しおり》の分はオレがもらう」

「そんなこと言ってないじゃない。もらうわよ、チョコ。ユカリ早くして」

栞《しおり》が催促《さいそく》するのでユカリは急いで封《ふう》を切り、部員たちに二個《こ》ずつチョコを配る。

——ハアア、助かったあ。

優也《ゆうや》は安堵《あんど》の気持ちを必死に抑《おさ》え、もらったチョコを口にする。

だが、納得《なっとく》がいかない。

翔太郎先輩《しょうたろうせんぱい》は「犯人《はんにん》はオレだ」と名乗りをあげ、罪《つみ》を被《かぶ》ってくれた。

だがオレは、翔太郎先輩《しょうたろうせんぱい》がこの部室に入室してからの様子をずっと見ていた。「よそ見しているうちに、ササッと」すり替《か》えるタイミングなんて一度もなかった。なのに先輩《せんぱい》は自分がやったと主張《しゅちょう》しているのだ。

なぜだ？　真犯人《しんはんにん》はオレだというのに。

優也《ゆうや》は翔太郎《しょうたろう》を見る。その視線《しせん》に気づいた翔太郎《しょうたろう》はニッと笑って言った。

「一番よく知っているのは、コイツかも——なあ、バロン」

翔太郎《しょうたろう》が呼《よ》びかけると、バロンは「ニャア」と鳴いた。

Q 20

吾輩《わがはい》は猫《ねこ》である

吾輩《わがはい》は猫《ねこ》である。名前は「バロン」。

黒い毛に覆《おお》われているが、鼻の下だけ貴族《きぞく》のヒゲみたいな白い模様《もよう》があるため、このような高貴《こうき》な名前をいただいておる。

吾輩《わがはい》は警備《けいび》の西《にし》さんに拾われて以来、この凪《なぎ》学園で暮《く》らしておる。昼間はQ部の部室に居候《いそうろう》させてもらい、放課後、彼《かれ》らの推理《すいり》を見させてもらっておる。

さて、この度《たび》の「チョコレート裁判《さいばん》」は、大変興味深《きょうみぶか》いものであった。

ユカリのチョコを、優也《ゆうや》が自分のものと入《い》れ替《か》えた——という疑惑《ぎわく》を審議《しんぎ》するものであったが、部長の翔太郎《しょうたろう》が犯人《はんにん》だと名乗り出たことで裁判《さいばん》は結審《けっしん》。一応《いちおう》の解決《かいけつ》となった。

真犯人《しんはんにん》は優也《ゆうや》であるのに、なぜ翔太郎《しょうたろう》は「犯人《はんにん》はオレだ」と言ったのか？

実は吾輩《わがはい》、その真相を知っておる。

朝、日課の散歩をしていると、通学路の途中《とちゅう》で人だかり――コンビニがオープンし、道行く人にチョコを配っていたのだ。ユカリがやってきてチョコを受けとっていた。

「ユカリ、おはよ」と、彼女《かのじょ》の後ろから声をかけたのは、副部長の栞《しおり》だ。

「用があるから先に行ってて」と言って、栞《しおり》は来た道を戻《もど》っていくのだが、実は彼女《かのじょ》、何度もコンビニの前を往復《おうふく》しておった。そう、チョコをたくさんもらうためにな。

そのあとユカリは吾輩《わがはい》に気づいて声をかけてくれたのだが、「おはよう、バロン」と翔《しょう》太郎《たろう》も声をかけてくれた。彼《かれ》も栞《しおり》の行動に気がついたようだ。

「あんな恥《は》ずかしい姿《すがた》、後輩《こうはい》に見せられないよな」と苦笑《くしょう》しておった。

だから栞《しおり》は、ユカリを先に行かせたのか――吾輩《わがはい》は合点《がてん》がいった。

そして放課後の「チョコレート裁判《さいばん》」である。

「ワタシのチョコは開封《かいふう》してあった」というユカリ。優也《ゆうや》はピンチになったが……。

翔太郎《しょうたろう》はすべてを理解《りかい》していたのである。

西《にし》さんが来たから優也《ゆうや》はチョコをカバンに戻《もど》した……でもそれは栞《しおり》のカバンだったというユカリの推理《すいり》は当たっておる――吾輩《わがはい》は一部始終を見ておったしな。そして同じく推理《すいり》が正解《せいかい》と考えた翔太郎《しょうたろう》は、この事実に都合の悪い人物が「ふたりいる」と気づいたのだ。

ひとりはもちろん、誤《あやま》って栞《しおり》のカバンにチョコを入れてしまった優也《ゆうや》である。

「カバンに入れた」ということは、「栞先輩《しおりせんぱい》のカバンを勝手に開けてしまった」となる。

それで優也《ゆうや》は黙秘《もくひ》を続けていた。栞《しおり》に怒《おこ》られるのが怖《こわ》くてだ。

そしてもうひとり、この事実は「栞《しおり》にとっても都合の悪い話」になってしまう。

栞《しおり》はコンビニの前を何往復《おうふく》もしてチョコを受けとっていた。つまり彼女《かのじょ》のカバンの中には大量のチョコが入っていたのである。

ユカリが「先輩《せんぱい》のカバンには、優也《ゆうや》が入れたワタシのチョコレートが入っているはずです」と言ったとき、いつもの栞《しおり》なら、すぐにカバンを確認《かくにん》したはずである。だが彼女《かのじょ》はそれをしなかった——カバンの中をみんなに知られてしまうかも……と思ったからだ。

「アタシがチョコに対して、そんなに意地汚《いじきたな》いとでも思ってるの」と翔太郎《しょうたろう》には怒《おこ》っていたが、「チョコに対して意地汚《いじきたな》い証拠《しょうこ》」がカバンにぎっしり入っていたのだ。

優也《ゆうや》がカバンを開けたなら、大量のチョコを見られてしまった……となり、カッコ悪いことこの上ない。それで栞《しおり》の顔は引きつっておった。まあ実際《じっさい》、優也《ゆうや》はチャックを少し開けただけで、中を見てはいなかったのだがな。

そこで翔太郎《しょうたろう》は、ふたりを救うために「犯人《はんにん》はオレだ」と言うことにしたのである。

本当は、優也《ゆうや》が見ていた通り、翔太郎《しょうたろう》はチョコをすり替《か》えていない。

翔太郎《しょうたろう》がカバンから出してユカリたちに見せたチョコは、彼《かれ》も朝コンビニでもらっていたものであり、開封《かいふう》して一個《こ》だけ食べていたものなのだ。

だが、翔太郎《しょうたろう》が「犯人《はんにん》はオレだ」と言ったことで、優也《ゆうや》が責《せ》められることなく、栞《しおり》が恥《は》ずかしい思いをすることもなくなった。

優也《ゆうや》が入れたチョコが見つかっても、カバンの中身を知られたくない栞《しおり》は言わないだろうし、開けてしまった優也《ゆうや》は、自分が犯《おか》した過《あやま》ちを今後も言わないだろう。

こうして、誰《だれ》も傷《きず》つかずにすむ方法を、翔太郎《しょうたろう》は瞬時《しゅんじ》に判断《はんだん》したのである。

すごいニャア。

●著
ささきかつお

東京都出身。2015 年に『モツ焼きウォーズ～立花屋の逆襲～』で第 5 回ポプラズッコケ文学新人賞大賞を受賞。主な著書に『ラストで君は「まさか！」と言う』シリーズ（PHP 研究所）、『空き店舗（幽霊つき）あります』（幻冬舎文庫）がある。趣味は読書、ギター、旅、サイクリング。近況はブログ「鰹通信」にて。

●イラスト
吉田ヨシツギ

イラストレーター。『ラストで君は「まさか！」と言う』シリーズ（PHP 研究所）や『5 分間で心にしみるストーリー 』（河出書房新社）など、多くの書籍の挿画を手掛けている。淡く発光するような美しい色合いと、繊細な描写が持ち味。

●デザイン
根本綾子

●組版
株式会社 RUHIA

●プロデュース
小野くるみ
（PHP 研究所）

3 分間ノンストップショートストーリー
Q 部《キューブ》あるいは CUBE《キューブ》の始動

2018 年 12 月 25 日　第 1 版第 1 刷発行

著者　ささきかつお
発行者　後藤淳一
発行所　株式会社 PHP 研究所
東京本部　〒 135-8137　江東区豊洲 5-6-52
児童書出版部　☎ 03-3520-9635（編集）
普及部　☎ 03-3520-9630（販売）
京都本部　〒 601-8411　京都市南区西九条北ノ内町 11
PHP INTERFACE　https://www.php.co.jp/
印刷所・製本所　凸版印刷株式会社

ISBN978-4-569-78826-5

NDC913　223P　20cm